19,80

Herbert Reinecker

Der Kommissar läßt bitten

HERBERT REINECKER

*Der Kommissar
läßt bitten*

LICHTENBERG VERLAG

World Copyright by Ferenczy-Verlag A. G. Zürich
Copyright der deutschsprachigen Ausgabe 1971
by Lichtenberg Verlag GmbH, München
Alle Rechte vorbehalten, auch das des teilweisen Abdrucks,
des öffentlichen Vortrags und der Übertragung in Rundfunk und Fernsehen
Redaktion: D. Lang
Korrekturen: H. Bernard
Umschlaggestaltung: Hannes Jähn
Gesamtherstellung: R. Oldenbourg, München
Printed in Germany
ISBN 3 7852 1125 2

Inhalt

Drei Tote reisen nach Wien 7

Die Anhalterin 32

Die kleine Schubelik 58

Der Moormörder 82

Das Ende eines Tanzvergnügens 108

Mörder im Fahrstuhl 136

Die Schrecklichen 160

Drei Tote reisen nach Wien

Der Fall, den ich Ihnen erzählen möchte, hat sehr viel mit Phantasie zu tun. Ja, er enthält sogar eine Spekulation auf die Wirkung der Phantasie. Stellen Sie sich einen ganz normalen Tag vor, eine Schreinerei. Man hört das typische Geräusch der Kreissägen. Man sieht ein paar Leute auf einem Hof hin und hergehen, auf der Straße herrscht üblicher Verkehr, das Wetter ist nicht besonders, ein paar Wolken, ein bißchen Sonne.

Die Frau des Schreinermeisters Bessmer ist in ihrer Küche und denkt an nichts Besonderes.

Auf einmal läutet das Telefon. Sie nimmt den Hörer ab, sie meldet sich.

»Hotel Astoria, Wien«, sagt eine Stimme, »ist Herr Bessmer zu sprechen?«

Frau Bessmer legt den Hörer hin, geht an das Fenster und ruft ihren Mann. Bessmer kommt herein. Er ist etwa fünfzig, trägt eine blaue Schürze; denn er kommt aus der Werkstatt. »Hotel Astoria, Wien«, sagt Frau Bessmer.

»Nanu«, sagt Bessmer, »wir haben die Rechnung bezahlt.«

Er geht hin, meldet sich.

Er hört eine ganze Weile zu, sieht plötzlich erschrocken aus, verfärbt sich etwas, kann keinen Ton sagen und stammelt mehrmals hintereinander: »Wer ist denn da? Sagen Sie doch, wer Sie sind!«

Frau Bessmer ist noch im Zimmer und hört zu. Es ist als begreife sie, daß das friedliche normale Bild des Alltags sich plötzlich verändert hat.

Bessmer legt auf; seine Frau fragt ihn: »Was ist denn? Was war denn los?«

Und Bessmer kann immer noch nichts sagen, wirkt entsetzlich nervös und sagt schließlich: »Eine Warnung. Da ist jemand, der mich warnt.«

»Wovor warnt?«

»Es sei jemand hier in München, der mich erschießen will.«

Frau Bessmer starrt ihren Mann an. Mit diesem Satz hat sich die normale Szenerie schlagartig verändert.

Frau Bessmer fragt, wer denn angerufen habe und warum jemand ihren Mann erschießen wolle. Er sagt, er habe keine Ahnung, der Mann habe weder seinen Namen noch einen Grund genannt.

»Aber...«, fragt Frau Bessmer, »ihr seid doch in Wien gewesen und habt im Hotel Astoria übernachtet.«

»Jaja«, sagt Bessmer etwas unglücklich.

»Könnte doch sein«, sagt Frau Bessmer, »daß der Mann vielleicht recht hat. Wollen wir nicht die Polizei verständigen?«

»Ach was«, sagte Bessmer, »da macht sich jemand einen Witz.«

Und dann geht er wieder 'raus.

Das alles habe ich nachher gehört. Frau Bessmer machte ihre Aussagen, und ich habe das, was vorgefallen ist, zu rekonstruieren versucht. Danach muß Bessmer nach diesem Telefongespräch nicht wieder in die Werkstatt zurückgegangen sein, sondern er hat seine Schürze abgebunden, ist auf die Straße und etwa hundert Meter bis zur nächsten Telefonzelle gegangen. Er ist hineingegangen, hat telefoniert. Und zwar, wie sich später herausstellte, mit dem Buchhändler Sasse, einem Freund, ein Mann übrigens, mit dem Bessmer vor einer Woche gemeinsam in Wien gewesen war.

In dieser Telefonzelle wurde Bessmer erschossen.

Aus einem Wagen heraus, den Bessmer nicht beachtet hatte; ein Wagen, der, wie Zeugen aussagten, eine Wiener Nummer hatte.

Mit drei Schüssen, die das Glas der Telefonzelle zersplittern ließen, wurde der Schreinermeister Bessmer getötet. Er fiel aus der Zelle heraus, konnte nichts mehr sagen und starb auf der Stelle.

Man rief uns an, wir kamen. Heines, Grabert und Harry Klein untersuchten den Schauplatz, sicherten Spuren, befragten Zeugen. Ein unglaublicher Vorfall: Mord auf offener Straße, eine Sache, die bei uns zulande nicht allzu häufig vorkommt und infolgedessen außergewöhnliches Interesse in der Öffentlichkeit erregt.

Die ganzen Umstände paßten eher zu einem politischen Attentat oder zu einer Geheimdienstaffäre. Dagegen sprach die Person des Schreinermeisters, ein angesehener Mann, der über einen guten Leumund verfügte und über den es keine Polizeiakten gab.

»Ein ganz normaler, friedlicher Bürger«, hatte Grabert festgestellt.

Ich hatte mit Frau Bessmer gesprochen. Die Frau war völlig verstört und begriff überhaupt nichts. Sie schüttelte unentwegt den Kopf, war absolut hilflos.

Ja, Hotel Astoria sei am Apparat gewesen, man habe ihren Mann verlangt. Dann sei er verbunden worden, und es sei wieder ein Mann am Apparat gewesen, der die verhängnisvolle Warnung ausgesprochen habe. Wie wir auch fragten und fragten, Frau Bessmer konnte darüber hinaus keine weiteren Angaben machen.

Ihr Mann sei mit zwei Freunden, einem gewissen Sasse und einem Herrn Roth in Wien gewesen. Die drei machten ab und zu solche Reisen aus rein privaten Gründen. Sie verbrauchten auf diese Weise ihre Skatkasse, sähen sich Städte an, gingen in Museen, besuchten Konzerte. Und das hätten die drei auch diesmal getan. Sie hätten sich Wien ausgesucht und seien dort drei Tage lang gewesen, über ein verlängertes Wochenende hinweg.

»Aber in Wien muß doch irgend etwas vorgefallen sein«, beharrte Heines.

»Ich weiß es nicht«, sagte die verstörte Frau.

Heines ließ nicht locker, wollte wissen, ob Bessmer nach der Rückkehr aus Wien nervös oder ängstlich gewesen sei.

»Nein«, erwiderte die Frau, »nein. Er war wie immer. Er sagte, sie hätten eine hübsche Reise gehabt und Wien sei sehr interessant.«

Grabert sprach mit dem Hotel Astoria in Wien.

Dann wandte er sich zu mir um: »Der Anruf kam nicht aus Wien, Chef. Oder sagen wir so: Er kam nicht vom Hotel Astoria. Die Zentrale dort ist von einer Frau besetzt, während Frau Bessmer die Stimme eines Mannes gehört hat.«

Ich hatte es mir fast gedacht.

Ich war sicher, daß der Mörder selbst Bessmer angerufen hatte. Und dieser Mörder mußte vorausgesehen haben, daß

Bessmer auf die Straße gehen würde, um hier zu telefonieren. Wie konnte er das wissen?

Alle meine Überlegungen kreisten um diese eine Frage: Wie konnte der Mörder wissen, daß Bessmer sofort zum Telefon gehen würde? Und daß er nicht sein eigenes Telefon, sondern die Telefonzelle auf der Straße benützen würde?

Die Sache hatte mit Wien zu tun. Mit der Reise nach Wien.

Während wir die Frau des erschossenen Schreinermeisters vernahmen, hatte sich Herr Sasse gemeldet.

Der Mann kam herein und war völlig erschüttert. Ein etwas hagerer, unsicherer Typ, er wirkte nicht sehr selbstbewußt, und er war es auch nicht.

Der Tod von Bessmer mußte ihn wie ein Keulenschlag getroffen haben. Er konnte das Zittern seiner Hände nicht unterdrücken, und seine Stimme schwankte. Er mußte manchmal mehrmals Luft holen, um weitersprechen zu können.

»Er hat mit mir telefoniert«, sagte Sasse aus, »ich habe die Schüsse durch das Telefon gehört.«

Sasses Stirn hatte sich mit Schweiß bedeckt. Der Mann war hilflos wie ein Kind.

Grabert und Heines konnten auf die Verfassung des Mannes keine Rücksicht nehmen, sie stießen förmlich auf ihn nieder: Was hat er gesagt? Weswegen hat Bessmer mit Ihnen telefoniert? Geben sie den genauen Wortlaut wieder.

Und jetzt kam es! Sasse: »Bessmer sagte, ich habe einen Anruf gekriegt. Da will uns jemand umbringen. Uns drei. Mich, dich und Roth.«

Die Gesichter von Grabert und Heines hätte man sehen sollen! Was war das? Der Mann hatte nicht nur Bessmer vor einem Mordanschlag gewarnt, sondern über Bessmer auch noch Sasse und den dritten Mann, der nach Wien gereist war? Es waren drei Morde angekündigt? Von denen immerhin einer passiert war. Ich muß sagen, mir blieb ein wenig die Luft weg.

Ein ungewöhnlicher, sonderbarer Fall. Er hatte keine Parallelen. Ein solcher Fall war mir in meiner langen Praxis noch niemals begegnet.

Heines vergewisserte sich: »Bessmer hat ganz deutlich gesagt, daß die Mordwarnung auch Ihnen und Roth galt?«

»Ja«, sagte Sasse, und er sprach wie jemand, der einen völlig trockenen Mund hat, »wissen Sie, ich begriff Bessmer erst nicht. Was sagst du da? Ich dachte, er ist betrunken. Aber er wiederholte es. Jemand aus Wien sei hier, um uns alle umzubringen. Und während er das sagte, hörte ich die Schüsse. Ich schrie: Bessmer! Aber er antwortete nicht mehr.«

Wir nahmen Sasse mit und setzten uns in ein kleines Café gegenüber der Mordstelle.

Ich ordnete sofort besondere Überwachung an. Sasse durfte nicht mehr aus den Augen gelassen werden.

Und es ging natürlich jetzt um den dritten Mann. Wer war Roth?

Ein Fabrikant, sagte Sasse und gab uns dessen Adresse und Telefonnummer.

Grabert ging sofort ans Telefon, während Harry losjagte, um die angegebene Adresse aufzusuchen.

Dort meldete sich nur der Neffe Roths. Sein Onkel sei nicht da. Er habe einen Anruf bekommen und sei in größter Eile davongefahren. Ob er wisse, wohin, wollte Grabert wissen. Nein, sagte der Neffe.

Die Dinge überstürzten sich. Wir durften keinen Fehler machen, und es ging offenbar um Minuten. Der unbekannte Mörder konnte tatsächlich jeden Augenblick erneut zuschlagen.

Ich nahm mir den hilflosen Sasse vor. »Was war in Wien? Irgend etwas muß in Wien passiert sein. Was haben Sie in Wien gemacht?«

Sasse schluckte, seine Kehle war wieder trocken wie die Wüste. Mit ausgedörrter Stimme sprach er, schüttelte den Kopf und sagte: »Ich weiß es nicht.«

»Herr Sasse«, sagte ich so scharf wie ich konnte. Es galt, den Widerstand, den ich spürte, zu brechen. Und es war kein großes Problem bei diesem Mann.

Er atmete auf und flüsterte: »Bessmer sagte: ›Sasse, der Mann kennt das Mädchen.‹«

Sasse sah mich hilflos an. Ich fühlte, er hatte eine Art Geständnis gemacht. Er hatte etwas gesagt, was ein Geheimnis war und sicher auch bleiben sollte. Eine Mädchengeschichte? War das der Grund, warum Bessmer nicht von seinem Telefon aus sprechen wollte, also nicht im Beisein seiner Frau?

»Was für ein Mädchen?« fragte ich, »erzählen Sie jetzt alles.«

Und Sasse erzählte.

Sie waren also zu dritt nach Wien gefahren, Bessmer, Sasse und Roth. Wie immer, um sich eine fremde interessante Stadt anzusehen, um gut zu essen und natürlich auch, um ein bißchen zu trinken.

Die drei Herren also, die zuweilen losfuhren, um sich ein paar nette Tage zu machen, lernten in Grinzing ein junges Mädchen kennen.

Ein nettes, junges Mädchen war mit einer Gesellschaft da,

die gerade im Aufbruch begriffen war. Man verteilte sich auf die Wagen und hatte das Mädchen vergessen. Es stand da, lachte und hatte gesagt: »Na so was.«

Ein blutjunges Mädchen.

Sasse murmelte: »Ich weiß nicht, wie alt sie war, vielleicht zwanzig. Vielleicht sogar etwas jünger. Vielleicht sogar achtzehn oder...«

Er brach ab. Lag hier der Schlüssel der Geschichte? Ein Erlebnis mit einem blutjungen Mädchen?

Sasse fuhr fort: »Bessmer sprach das Mädchen an: ›Nach Hause bringen kann ich Sie auch. Aber kommen Sie erstmal her.‹ Das Mädchen hieß Katja. Sie war ganz reizend, wissen Sie, sie hatte eine große Natürlichkeit, sie war nicht prüde, sie legte kein Wort auf die Goldwaage. Und dann«, setzte Sasse hinzu, »müssen Sie bedenken, sie war eine Wienerin. Sie sprach in einer Weise, die auf uns großen Eindruck machte. Sie hatte einen so unglaublichen Charme. Ein solches Mädchen hatten wir alle noch nie kennengelernt, obwohl Roth, müssen Sie wissen, von uns am weitesten herumgekommen ist und eine Menge Frauen in seinem Leben kennengelernt hat. Sogar Roth sagte: ›Menschenskind, hat dieses Wien süße Kinder.‹«

Sasse sah uns an, als wolle er uns um Entschuldigung für die Frivolität seiner Ausdrücke bitten.

»Was passierte mit diesem Mädchen?« fragte ich.

Sasse: »Bessmer hat sie nach Hause gebracht. Mehr weiß ich nicht.«

Bei dieser Aussage blieb er, obwohl ich wußte: Das war noch nicht alles, bei weitem nicht alles.

Aber Sasse saß da, zitterte, sein Gesicht war grau, und er sah aus wie jemand, der sich eher selbst umbringen würde, als noch

irgend ein Wort zu sagen, geschweige denn, Auskunft zu geben.
Heines kam herein und sagte: »Herr Roth ist da.«
Ich sah durch das Fenster des Cafés einen Mann vor der zerschossenen Telefonzelle stehen. Der Mann wirkte seriös, selbstbewußt, ein Herr.
Bessmer war ein biederer Handwerksmeister, Sasse ein nervöser Buchhändler. Roth hingegen wirkte souverän. Man sah ihm diese Überlegenheit an, selbst wenn er einem den Rücken zukehrte.
Heines brachte ihn herein.
Der Augenschein bestätigte die erste Feststellung: Roth war ein sehr überlegener Mann, man sah ihm den erfolgreichen Geschäftsmann an. Er trug englische Anzüge, gab sich lässig. Nur viel Geld bringt diese Sicherheit zuwege.
Roth sah uns an und sagte: »Wie ist denn das möglich?«
Ich sah ihm völlige und ehrliche Verwunderung an. Sasse war aufgestanden, offenbar hatte er großen Respekt vor Roth.
»Von wem haben Sie gehört, was hier passiert ist?« fragte ich.
Roth antwortete sofort, ohne Umschweife, nüchtern und klar.
»Seine Frau hat mich angerufen.«
Sasse blickte hoch. »Ja«, sagte Sasse, »sie hatte ja neben mir gestanden, als ich mit Bessmer telefonierte. Ich habe ihr gleich erzählt, was – was passiert ist.«
»Und sie hat mich verständigt«, sagte Roth.
Er steckte sich eine Zigarette an und sagte langsam: »Was für eine Geschichte ist das? Was ist das mit Wien? Wer will uns denn umbringen? Ist jemand aus Wien gekommen, der uns alle drei umbringen will?«
Der Mann war weder ängstlich noch erschreckt wie Sasse, er

saß in völliger Ruhe und überlegte: Was für eine Geschichte ist das?

»Ich denke«, sagte ich, »es ist die Geschichte eines jungen Mädchens, das Sie in Grinzing kennengelernt haben.«

»Ja«, sagte Roth sofort, ohne Zögern, ohne Schwanken, er sagte es völlig nüchtern, wie jemand, der glaubt er kommt durch die Welt, wenn er gut rechnen gelernt hat, »ja«, wiederholte er, »das kann sein.«

Und erzählte nun seinerseits die Geschichte, die sich in Wien abgespielt hatte. Er erzählte dieselbe Geschichte wie Sasse, in anderen Worten, ein bißchen überlegener.

»Ein Mädchen, Herr Kommissar, das Abenteuern nicht abgeneigt war. Kennen Sie Schnitzler?«

Ich sagte: »Arthur Schnitzler?«

»Es war ein Mädchen, wie es in seinen Geschichten vorkommt, süß, frech mit *common sense* auf wienerisch.«

Der Mann verlangte von mir auch noch, daß ich englisch sprach. Er begann mir etwas unangenehm zu werden.

»Bessmer hat dieses süße Kind nach Hause gefahren, und ich nehme an, er hat mit ihr ein Erlebnis gehabt. Er machte am nächsten Tage einen ziemlich glücklichen Eindruck.«

Ich sah wie Sasse aufatmete, und wieder wußte ich, hier war nicht alles erzählt worden.

Ich fragte kreuz und quer. Hatte Bessmer erzählt, wo das Mädchen wohnt? Hatte er Verwandte kennengelernt? Ihre Eltern? Hatte dieses Mädchen Freunde? Kannte man den Nachnamen dieses Mädchens? War ihre Adresse bekannt?

Roth antwortete mit aller Aufmerksamkeit, kühl und nüchtern. Er verneinte alle Fragen.

»Wir haben am nächsten Tag natürlich unsere Witze gerissen. Aber Bessmer hat nur gelacht. ›Freunde‹, sagte er, ›laßt einem Mann, der ein wahrer Gentleman ist, seine Erlebnisse.‹«

Ich hatte es im Gefühl: Roth log. Er wußte mehr. Aber ich bewunderte die Phantasie, die er aufbrachte, um seine Lügen nett und annehmbar zu machen.

»Tja«, sagte ich, »da reisen also drei Herren nach Wien und werden jetzt, acht Tage später, nacheinander erschossen.«

»Na, das wollen wir nicht hoffen«, entgegnete Roth und sah Sasse an, der weiß wie die Wand war.

»Aber Bessmer ist tot«, sagte ich, »er ist erschossen worden. Dieser Tote spricht eine etwas andere Sprache als Sie.«

»Herrgott«, sagte Roth etwas lauter und verlor zum ersten Male ein wenig von seiner Fassung, »ich kann ihm nicht helfen.«

Inzwischen war Harry im Hause Roths.

Er erzählte später. Er hatte ein großes Haus vorgefunden, das auf soliden Reichtum schließen ließ. »Der Mann ist Millionär«, sagte Harry, »er hat eine Maschinenfabrik. Ich traf nur seinen Neffen an, ein junger Mann, etwa dreiundzwanzig Jahre alt. Ich sagte: Polizei. Das hat ihn ziemlich verblüfft. Ich habe ihm dann erzählt, was vorgefallen ist. War doch richtig, Chef?«

»Ja«, sagte ich, »das war richtig. Was erzählt der junge Mann?«

»Er sagte, sein Onkel sei vor acht Tagen in Wien gewesen. Dieser Neffe, Jochen Roth, heißt er übrigens, kennt Sasse und Bessmer. Er sagte: ›Mein Onkel kennt die beiden schon seit Jahren. Ab und zu fahren sie gemeinsam los und hauen auf die Pauke.‹«

»Sagt der Neffe?«

»Ja, sagt der Neffe«, bestätigte Harry.

Ich erkundigte mich nach den Familienverhältnissen Roths. Der Mann war nicht verheiratet. Nie verheiratet gewesen. Der Neffe war von ihm ins Haus genommen worden, da dessen Eltern bei einem Autounfall ums Leben gekommen waren.

Mehr war im Moment nicht festzustellen.

Grabert und Heines waren nervös, drängten, wollten mehr wissen und Sasse und Roth länger verhören.

Ich sagte: »Laßt sie gehen.«

»Chef«, sagte Grabert, »der Fall regt ganz München auf. Wir müssen zu Ergebnissen kommen.«

Das wußte ich auch. Ich wußte, daß man schnelle Ergebnisse erwartete. Aber ich hielt es für richtig, nicht von der gewohnten Art und Weise abzugehen, mit der ich gewöhnlich meine Arbeit verrichte. Und die ist ganz einfach: Ich sehe mir die Leute an, die in einen Fall verwickelt sind und lasse ihnen Zeit.

Ich schickte Roth nach Hause. »Leider«, sagte ich, »muß ich Sie unter Polizeischutz stellen.«

Er starrte mich an: »Hören Sie«, sagte Roth rauh, »was heißt das und was für Konsequenzen wird das haben?«

»Ich gebe Ihnen einen Mann mit, der für Ihre Sicherheit verantwortlich ist. Ihr Grundstück wird überwacht.«

»Oh Gott«, sagte Roth trocken, »Ihr Mann soll tun, was er nicht lassen kann.«

Dann fuhr er nach Hause.

Grabert und ich brachten Sasse nach Hause. Sasse war zweifellos der Mann, der die Geheimnisse der Wiener Reise am ehesten preisgeben würde.

Die Buchhandlung, die Sasse gehörte, war nicht sehr groß,

aber offenbar gut bekannt, denn es herrschte reger Kundenverkehr.

Im Laden fanden wir Frau Sasse vor.

Sie war Ende dreißig, schmal und fast zart. Ihre Augen waren groß und dunkel.

Zwar konnte man nicht sagen, daß sie hübsch war, aber ihre Intelligenz gab ihrem Gesicht einen besonderen Ausdruck.

Agnes Sasse sah mich an, fragte sofort und gezielt, was wir herausbekommen hätten: »Ist mein Mann in Gefahr?« Und »Was war in Wien?«

»Hat Ihr Mann es Ihnen nicht erzählt?« fragte ich

Sie sah mich mit klugen, dunklen Augen an. »Es sind keine Reisen«, sagte sie trocken, »von denen Männer gern erzählen.« Ironisch fuhr sie fort: »Ein Schreiner, ein Buchhändler, ein Großkaufmann, drei nette, fröhliche Herren, die ab und zu losfahren und sich einen Spaß erlauben. Das ist das Wichtigste, Spaß muß dabei sein. Und zum Spaß, wie sie sich ihn vorstellen, gehören Frauen. Es ist eine Frauengeschichte.«

»Ja«, sagte ich und erzählte die Geschichte von Katja, dem netten Wiener Mädchen, das Bessmer nach Hause gebracht hat.

»Nach Hause?« fragte Agnes Sasse und sah ihren Mann an. »Hat er sie nicht mit ins Hotel genommen?«

Ich war Frau Sasse dankbar. Die ganze Zeit über hatte ein Gedanke bei mir sozusagen auf der Lauer gelegen. Ich hatte ihn gesucht, geahnt. Agnes Sasse sprach ihn aus.

Natürlich, sie hatte recht. Bessmer hat das Mädchen gar nicht nach Hause gebracht, er hat sie mit ins Hotel genommen.

Agnes sah ihren bleichen Mann an und sprach mit kalter, bohrender Ironie weiter: »Natürlich habt ihr sie mit ins Hotel genommen. Und erst einmal weiter getrunken.«

»Agnes«, flüsterte Sasse und sah dabei erbärmlich aus. Er bat um Nachsicht, um Milde. Er hatte seine Fassung völlig verloren. Aber Agnes Sasse war nicht die Frau, die mit ihrem Mann Mitleid hatte. Sie zahlte ihm jetzt etwas heim. Sie zahlte ihm Demütigungen heim, die sie zwanzig Jahre lang eingesteckt hatte.

»Habt ihr sie mit ins Hotel genommen oder nicht?«

»Bessmer war es, Bessmer«, flüsterte Sasse, »ich war es nicht, Agnes. Bessmer war es.«

Ich ließ Agnes reden. Sie führte das Verhör besser, als ich es hätte führen können.

»Du warst es nicht?« fragte Agnes, »warst du es wirklich nicht? Wart ihr es nicht alle?«

»Nein«, sagte Sasse, »Bessmer war es. Bessmer hat sie mit in sein Zimmer genommen.«

»Und ihr habt vor der Tür gelegen. Habt ihr nicht geklopft und gerufen: Mach auf, Bessmer?«

»Wie kommst du darauf?« murmelte Sasse.

»Ich komme darauf, weil du mein Mann bist und weil ich dich kenne. Du hast vor der Tür gelegen und geklopft: ›Los jetzt, Bessmer. Jetzt sind wir dran.‹«

»Nein«, sagte Sasse blindlings, »Bessmer kam raus und sagte: ›Sasse, komm du jetzt.‹«

Agnes Sasse sah ihren Mann verächtlich an. »Komm du jetzt. So geht es natürlich auch. Gute Freunde, Kampfgefährten sozusagen.« Ihre Ironie war unüberhörbar, ihre Ironie und ihre Traurigkeit. »Du bist also in das Zimmer reingegangen, in dem ein blutjunges Mädchen betrunken im Bett lag?«

»Ja«, sagte Sasse laut, »ich muß es ja sagen, weil – weil Bessmer umgebracht wurde. Ich muß es ja sagen. Ich war drin,

Roth war drin.« Er blickte plötzlich aufgeregt auf. »Aber nicht, daß Sie denken, Herr Kommissar, daß das Mädchen etwas gegen seinen Willen getan hat. Die kannte sich aus, die kannte sich ganz schön aus, ich habe noch nie jemanden gesehen, der sich so ausgekannt hat.«

Jetzt stand Agnes Sasse völlig blaß da und schwieg.

Ich übernahm jetzt das Verhör. Sasse war so weit, er würde nun alles sagen. Aber viel mehr hatte er nicht zu sagen. Ja, nacheinander waren sie zu dem Mädchen ins Zimmer gegangen. Sie hatten ihren Spaß gehabt, das Mädchen hatte seinen Spaß gehabt. Und mehr sei nicht gewesen. Sie hätten alle vier ungetrübtes Vergnügen gehabt.

Agnes lauschte auf jeden Nebenton in der Stimme ihres Mannes.

Mehr hatte Sasse nicht zu sagen. Er kannte weder den Nachnamen des Mädchens noch ihre Adresse. Er konnte nicht den geringsten Hinweis dafür geben, warum eine Woche später ein Mann aus Wien kam und Bessmer erschoß und vielleicht auch Sasse und Roth töten wollte.

Es war Nacht geworden.

Zwei Beamte des Reviers hatten sich gemeldet, sie würden das Haus im Auge behalten. Sasse versprach, nicht an das Fenster und nicht an die Tür zu gehen.

»Bin ich denn wirklich in Lebensgefahr?« murmelte er.

Wir ließen ihn allein, und ich fuhr mit Grabert zur Villa Roths hinüber.

Als wir klingelten, machte Roth persönlich auf.

Grabert fuhr ihn an: »Warum kommen Sie selbst an die Tür? Wollen Sie es Ihrem Mörder so einfach machen?«

»Menschenskind«, gab Roth zurück, »ich glaube Ihre ganze

Geschichte nicht. Denken Sie, ich benehme mich wie ein Affe?«
Er nahm uns mit in sein Zimmer 'rauf.

Ich lernte den Neffen kennen, einen jungen Mann, der seinem Onkel Vorwürfe machte: »Ich wollte nicht, daß er an die Tür geht. Aber er läßt sich nicht zurückhalten, niemals.«

»Ach was«, sagte Roth ärgerlich und sah mich aufmerksam an: »Sasse hat geredet, was? Natürlich hat er geredet. Das ist ein Mann, der sofort die Nerven verliert.«

»Ja«, antwortete ich, »was war mit dem Mädchen in Wien?«

Roth steckte sich eine Zigarette an, schenkte sich Whisky ein und erzählte dann dieselbe Geschichte. Das Mädchen habe absolut freiwillig gehandelt, es habe seinen vollen Spaß an der Sache gehabt.

Roth sagte: »Ich kenn' mich aus, Herr Kommissar. Dieses Mädchen hat keine Probleme gehabt, war nicht verheiratet, hatte keinen Freund, und einen verrückten Vater hat sie nicht erwähnt, falls Ihre Phantasie einen Rächer sucht.«

Roth lachte ironisch. Der Mann war offen, er war couragiert, er nahm kein Blatt vor den Mund.

Ich fuhr mit Grabert ins Büro zurück.

Grabert meinte: »Einer von uns muß nach Wien, Chef«. Er hatte recht. Ich nahm mir vor, gleich morgen früh die erste Maschine zu nehmen. Die Rehbein war noch im Büro. Sie ist immer im Büro, wenn wir einen heißen Fall haben. In solchen Fällen kennt sie offenbar keine Müdigkeit.

Auch jetzt war sie da und sagte, blaß und aufgeregt: »Es ist gerade angerufen worden, Chef. Der Buchhändler Sasse ist erschossen worden.«

Grabert und ich sahen uns an. Was? Sasse? Wie war das möglich?

Wir fuhren sofort los, rasten zur Buchhandlung.

Dort fanden wir Beamte des Reviers und aufgeregte Passanten.

Ein Polizist führte mich in den Laden.

Sasse lag auf dem Boden. Ich sah sofort: Er war durch die Schaufensterscheibe hindurch erschossen worden.

Frau Sasse war völlig verstört.

»Ich bin schuld«, sagte sie, »ich habe ihn nicht in Ruhe gelassen, ich habe ihn gequält, ich wollte Einzelheiten wissen, ich wollte, daß er es immer wieder erzählt, da ist er in den Laden gegangen und hat sich eingeschlossen. Ich habe gehört, wie die Schüsse fielen.«

Mit der Frau war nicht viel anzufangen. Sie war völlig am Ende ihrer Kraft. Die Polizisten des Reviers hatten ein schlechtes Gewissen, sie waren um das Geschäft herumpatrouilliert, waren mal im Hof, mal auf der Straße gewesen.

Die Schüsse hatten sie überrascht, als sie gerade im Hof waren. Sie seien sofort auf die Straße gerannt, hätten aber nur noch einen Wagen gesehen, der eine Wiener Nummer gehabt habe.

Dieser Wagen! Diese Wiener Nummer!

Ein solcher Wagen wurde in ganz München gesucht, jeder Polizist hielt sein Augenmerk auf Wagen mit Wiener Nummern.

Wer heute mit einem Wiener Wagen in München unterwegs gewesen war, hatte bestimmt eine Menge Ärger gehabt.

Ich saß im Laden und rauchte. Ich war nervös. Ich sah Sasse auf dem Boden liegen. Was für eine verrückte Geschichte war das? Warum wurde dieser Mann erschossen? Warum Bessmer?

Was war eigentlich in Wien gewesen? Aber sie hatten doch

alles gesagt. Ich war überzeugt, daß sie alles gesagt hatten. Ich war etwas deprimiert. Der Fall paßte in keine Schablone, er erinnerte an keinen ähnlichen Fall. Er enthielt etwas vollkommen Neues für mich. Das war es, was mich unruhiger machte, als ich mir eingestehen wollte.

Ich ließ Grabert und Heines arbeiten. Sie nahmen die Ermittlungen in Angriff, während ich zu Roth hinüberfuhr.

Roth war schon telefonisch verständigt worden.

Er erwartete mich. Man sah, daß er sich hastig angezogen hatte.

Sein Lächeln war jetzt etwas gefroren. Er hob die Schultern und murmelte: »Jetzt bekomme ich doch etwas Angst, Herr Kommissar. Aber zugleich wird mir die Sache immer rätselhafter.«

Auch Jochen Roth, sein Neffe, war aufgestanden.

»Die Sache wird langsam mysteriös«, meinte er und fragte dann: »In allem Ernst, Herr Kommissar, kann man nicht einen Waffenschein beantragen?«

»Was willst du?« fragte Roth seinen Neffen.

»Na, ich werde mir sofort eine Pistole kaufen. Du siehst doch was los ist.«

Roth widersprach nicht. Er war sichtlich aus dem Gleichgewicht gebracht.

Die Nacht war ziemlich kurz.

Ich schlief auf dem Sofa in meinem Büro. Die Rehbein kam ziemlich früh morgens, machte mir einen starken Kaffee, und dann bestieg ich die erste Maschine nach Wien.

Ich war schon avisiert.

Ein Inspektor der Wiener Kriminalpolizei holte mich vom

Flughafen ab.

Ich liebe Wien, und ich bewundere die Wiener Kollegen.

Wir kommen aus unserer preußischen Haut nicht heraus, man sieht uns unsere trockene Dienstauffassung meilenweit an. Die Wiener haben immer Zeit, sie reden von allem Möglichen und scheinbar ganz ungern über berufliche Dinge, aber ich weiß längst, daß man sich dadurch nicht täuschen lassen darf. Sie wissen genau, was los ist. Sie kennen ihr Revier. Sie kannten auch das Hotel Astoria.

Und der Portier hatte sich sofort an das Mädchen erinnert, das mit drei deutschen Herren nachts ins Büro kam.

»Wissen Sie«, sagte der Wiener Kollege, »wir haben hier oft Konferenzen, internationale Tagungen. Die Herren sind für ein paar Tage aller Sorgen ledig. Das macht die ältesten Knaben wieder erstaunlich jung, und Wien, werter Kollege, ist freundlich zu seinen Gästen.«

Ich hatte nicht erwartet, daß ich so schnelle Fortschritte machen würde.

Aber der Kollege aus Wien fuhr mich schnurstracks zu der Wohnung Katja Moosbachers. Moosbacher hieß sie und war vielen Kongreßteilnehmern bekannt. »Ein liebes Mädel«, sagte der Inspektor, »und nie einer der Herren, der sich beklagt hat, ganz im Gegenteil, enthusiasmiert waren sie alle, bedeutend enthusiasmiert.«

Die Moosbacher war verständigt worden, sie erwartete uns in ihrer kleinen Wohnung.

Sie machte die Tür auf und sah mich offen an, als der Inspektor mich vorstellte: »Das ist mein deutscher Kollege, Herr Kommissar Keller.«

Mir blieb ein bißchen das Herz stehen. So hübsch war das

Mädchen, schlank, gut gebaut, blond. Es fällt mir tatsächlich schwer, das Mädchen zu beschreiben. Sie war ein Typ, den es bei uns zu Lande nur selten gibt. Bei uns hätte so ein Mädchen Hautgout gehabt, man hätte ihr den Strich angesehen.

Das war hier überhaupt nicht der Fall. Sie strahlte einfach reine, irdische Lebensfreude aus.

Sie liebte offensichtlich mit größtem Vergnügen und in voller Unschuld.

Das alles empfand ich von einer Sekunde auf die andere. Wer wollte einen Mann tadeln, der dem Zauber eines solchen Geschöpfes erliegt?

Der Wiener sah mir an, was ich dachte: »Tja«, sagte er, »hübsch, was?« Katja war etwas verschreckt, etwas aufgeregt, aber ganz offen.

Sie erzählte, und was sie erzählte, deckte sich vollkommen mit dem, was Sasse und Roth berichtet hatten. Und das hieß letzten Endes: Es gab weit und breit keinen Grund anzunehmen, daß dieses Mädchen die Ursache dafür war, daß irgend jemand ihre Liebhaber planmäßig ausrottete.

Ich flog nach München zurück.

Ich war ziemlich nachdenklich. Die ganze Wiener Geschichte war völlig geplatzt. Sie enthielt nichts. Sie war wie eine leere Nuß. Aber der Mörder kannte die Wiener Geschichte. Darum kreisten alle meine Gedanken. Der Mörder kannte die Geschichte genau. Er hatte Bessmer angerufen und von dem Mädchen gesprochen, ihn auf die Straße gelockt und dann erschossen. Das Motiv? Der Grund? Ich suchte verzweifelt einen Grund für die Morde. In Wien gab es diesen Grund nicht. Das Mädchen war kein Grund.

Und noch etwas hielt mich in Atem: der Wagen mit der Wiener Nummer. Ein solcher Wagen mußte auffallen. Wo war er? In ganz München haben Hunderte von Polizisten einen solchen Wagen gesucht. Und nicht gefunden.

Ich fuhr vom Flughafen aus sofort zu Roth. Roth war der Überlebende und der Mann, der als nächster drankommen würde, wenn der Mörder seine Drohungen wahrmachte. Warum hat er diese Morde überhaupt angekündigt? Er hätte ja sozusagen schweigend schießen können. War die Ankündigung ein Teil eines Planes? Aber welchen Planes?

Trotz all dieser Fragen begann ich mich langsam wohler zu fühlen. Wien war erledigt, ausgeschaltet. Die Geschichte mit Katja Moosbacher wurde vom Mörder nur als Vorwand benutzt. Für seine Zwecke benutzt. Aber was hatte er im Sinn?

Ich traf Roth zu Hause an.

»Wissen Sie«, sagte Roth und grinste etwas, »ich bin tatsächlich so nervös geworden, daß ich mich nicht mehr in meine Fabrik traue.«

»Ja«, sagte Jochen Roth, »ich habe ihm abgeraten. Ich finde, mein Onkel sollte ein paar Tage warten. Irgendwas wird sich ja schließlich herausstellen.«

»Er meint...«, grinste Roth, »ich sitze als Zielscheibe hier, und wenn man nur gut genug aufpaßt, verhindert man den Mord an mir und faßt den Täter.«

»Meinen Sie das?« fragte ich den jungen Mann.

»Sehen Sie eine andere Möglichkeit?« fragte er zurück.

Ich sah mir Roth genau an. Was war das für ein Mann?

Warum war er der Letzte in der Reihe? Hatte es etwas zu bedeuten, daß zuerst Bessmer und dann Sasse erschossen

wurde?
War die Reihenfolge wichtig?
Roth begleitete mich und Grabert zum Wagen.
»Wissen Sie, Herr Kommissar«, sagte Roth, »ich bekomme langsam eine Stinkwut. Bessmer und Sasse waren meine Freunde. Wir waren völlig verschieden, aber eben das hatte zur Folge, daß wir uns gut verstanden. Ich begreife jetzt erst langsam, daß sie tot sind.«
War sein Gefühl echt?
Während ich ihn ansah und über diese Frage nachdachte, hörte man im Haus das Telefon.
Jochen Roth, der Neffe, nahm offenbar den Hörer ab. Denn nach drei Sekunden machte er das Fenster auf, erschien mit dem Telefonhörer in der Hand am Fenster, hielt die Sprechmuschel mit der Hand zu und rief aufgeregt: »Herr Kommissar, der Wiener ist am Apparat, der anonyme Anrufer!«
Ich rannte hinauf, Grabert folgte mir.
Wir kamen etwas atemlos im Zimmer an, sahen Jochen Roth stehen und telefonieren.
»Hören Sie«, sagte Jochen Roth, »warum tun Sie das alles? Warum? Was hat Ihnen mein Onkel getan?«
Er stockte, streckte den Hörer weg, hob die Schultern und sagte: »Weg. Aufgelegt.«
Jochen Roth berichtete. Der anonyme Anrufer habe gesagt, daß nach Bessmer und Sasse jetzt Roth drankommen werde. Und daß niemand ihn vor seinem Schicksal bewahren könne.
Wir starrten uns an.
Grabert wollte Einzelheiten wissen, den genauen Wortlaut. Wie war die Stimme? Hatte sie Wiener Tonfall? Und so weiter...

Ich wußte nicht, daß ich nur eine Minute vor der Aufklärung des Falles stand, eines Falles, der mich eine schlaflose Nacht gekostet hatte. Und der Fall löste sich in einer Weise, die, kriminalgeschichtlich gesehen, nahezu ein Witz war und ein typisches Beispiel dafür, daß ein Mörder, der sich für intelligent hält, an seiner eigenen Intelligenz scheitern kann.

Das Telefon klingelte nämlich noch einmal.

Diesmal nahm ich den Hörer ab und meldete mich. Die Rehbein war am Apparat, war ziemlich zufrieden, daß ich gleich am Apparat war, und sagte: »Wer hat denn da gleich wieder aufgelegt, Chef?«

Das traf mich wie ein Blitz.

Und plötzlich wußte ich alles. Ich legte langsam den Hörer auf und drehte mich um.

Ich sah Grabert an: »Walter, stell doch mal fest, ob Jochen Roth eine Pistole bei sich hat.«

Grabert starrte mich verblüfft an. Ebenso Jochen Roth. Er sah mich an, als habe er nicht richtig gehört.

»Habe ich das richtig verstanden?« murmelte Grabert und sah schon Jochen Roth an.

Er wußte, daß ich Gründe haben müßte; er kannte sie noch nicht, aber er war auf alles vorbereitet. Er trat auf Jochen Roth zu, der mit weißem Gesicht dastand und unfähig schien, sich zu bewegen.

»Erlauben Sie«, sagte Grabert und wollte den jungen Mann abtasten, aber ehe sich Grabert versah, faßte Jochen Roth in seine Tasche und zog blitzschnell eine Pistole heraus.

Grabert erinnerte sich seiner Polizeischulzeit, reagierte um eine Spur schneller, schlug die Hand des jungen Mannes herunter und stieß ihm zugleich das Knie in den Leib. Im Handumdrehen war Jochen Roth entwaffnet.

Das alles war so blitzschnell gegangen, daß Roth selbst fassungslos seinen Neffen anblickte, dem Grabert Handfesseln anlegte.

»Was ist denn das?« stammelte Roth, »was bedeutet das? Er hatte wirklich eine Pistole in der Tasche? Wozu? Warum?«

»Ich nehme an«, sagte ich, »daß es die Waffe ist, mit der zwei Morde begangen wurden und ein dritter geplant war, der Mord an Ihnen, Roth, geplant von Ihrem Neffen Jochen Roth.«

Jochen Roth war so fassungslos, so überrascht, daß er gestand, ja, er habe seinen Onkel umbringen wollen. Er wollte die Fabrik, er wollte das Erbe besitzen.

Es ging ihm nicht schlecht. Er wäre sowieso der Erbe seines Onkels gewesen, aber er wollte das Erbe jetzt. Jochen Roth war einer der kältesten Verbrecher, mit denen ich es in meiner Laufbahn zu tun hatte. Sein Plan war raffiniert.

Sein Onkel hatte ihm die Wiener Geschichte erzählt. Er benutzte sie, rief Bessmer an und erschoß ihn; er tötete Sasse. Er schob die Wiener Geschichte wie eine Kulisse vor, hinter der er seine eigentliche Absicht verborgen hielt, seinen Onkel zu töten; denn nur darauf kam es ihm an.

Grabert fragte: »Wie sind Sie darauf gekommen, Chef?«

»Die Rehbein hat angerufen. Sie sagte: Wer hat denn da gleich wieder aufgelegt? Weißt du, was das heißt? Das heißt, sie hatte angerufen. Jochen Roth nahm den Hörer auf, drückte die Gabel gleich wieder herunter und sprach. Der Anruf war ihm gerade recht gekommen. Es schien ihm an der Zeit, den anonymen Anrufer wieder hervorzuholen. Und das im Beisein der Polizei. Hätte er ein besseres Alibi haben können? Er

sprach in eine tote Leitung hinein. Wir kamen heraufgerannt, hörten seine letzten Worte und dann hatte er aufgelegt.«
Grabert sah mich verdutzt an.

Ich sagte: »Die Rehbein wählte noch mal, und jetzt hatte sie mich am Apparat und sagte Gott sei Dank: ›Wer hat denn da den Hörer gleich wieder aufgelegt?‹ Ich wußte also, daß die Rehbein angerufen hatte und kein anonymer Anrufer.«

Die Rehbein bekam eine Flasche Sekt und einen Kasten Konfekt, und Harry sagte: »Rehbein, das war dein Mörder, den hast du erwischt. Ich frage mich, warum wir uns so anstrengen. Dich kostet so etwas nur einen Anruf.«

Die Anhalterin

Es war Freitagnachmittag, und ich bereitete mich schon auf ein geruhsames Wochenende vor, als der Anruf kam: Weibliche Leiche gefunden. Die Einzelheiten, von der Landpolizei durchgegeben, waren derart, daß ich wußte, mit dem geruhsamen Wochenende ist es aus.

»Chef«, sagte Heines, »es muß eine wirre Geschichte sein. Ein Lokführer sah beim Durchfahren des Staatsforstes in der Nähe von Allershausen seitlich im Wald einen Mann, der den Körper einer Frau auf den Armen trug. Er meldete seine Beobachtung dem nächsten Bahnhof. Von dort verständigte man einen Bahnwärter, der ganz in der Nähe der beobachteten Stelle eine Schranke bediente. Dieser Mann schickte einen jungen Bauern, der gerade vorbeikam, die Strecke entlang. Und dieser junge Bauer sah plötzlich den Körper einer Frau so auf die Schienen gelegt, daß der nächste Zug, der übrigens schon angemeldet war, die Frau überfahren mußte.«

Das hörte sich allerdings wirr und mysteriös an.

Wir fuhren sofort los. Am Bahnübergang erwarteten uns bereits der Bahnwärter und die Polizisten der Landpolizei.

Es war ein kalter Wintertag. Unser eigener Atem hüllte uns in eine Nebelwolke ein. Dies ist kein Tag, der zum Sterben gemacht ist, dachte ich noch. Und als ich die Tote sah, die man neben die Geleise gelegt hatte, dachte ich: Und das ist kein Mensch, um zu sterben. Ein junges Mädchen. Um Himmelswillen! Junge Menschen, die gewaltsam sterben mußten, erschrecken mich tiefer als andere Mordopfer. Die Sinnlosigkeit, die Unnatürlichkeit eines jeden Mordes wird stärker offenbar.

Auch hier erlebte ich es wieder, ein wachsendes Gefühl: Du wirst den Täter finden. Den wirst du finden. Und wenn du Tag und Nacht arbeitest, den wirst du finden!

Ein hübsches Mädchen, kaum zwanzig Jahre alt, lag im Schnee. Ihre Glieder waren schon kalt und merkwürdig verbogen; der starre, geöffnete Mund schien einer Puppe anzugehören. Treibender Schnee hatte sich auf ihr Gesicht gesetzt, das Gesicht war naß, in den blonden Haaren hatte sich Nässe gesammelt.

Grabert hatte die Spurensicherung schon übernommen. Der Arzt war da, hatte die Tote schon untersucht und sagte: »Tod durch gewaltsame Einwirkung gegen den Hals.«

»Erwürgt«, sagte Grabert.

Und Harry kam aus dem Wald: »Spuren im Schnee, Chef. Und hier habe ich ihre Handtasche gefunden.«

So wußten wir ganz schnell, wer dieses Mädchen war. Es hieß Irmgard Lenk. Sie war zweiundzwanzig Jahre alt. Sie war Laborantin. Sie wohnte in der Karl-Theodor-Straße.

Ich ging den Wald hinunter, vorsichtig, um die vorhandenen Spuren nicht zu zertreten. Man sah die tief eingedrückte Spur von Füßen. Der Mann hatte die Tote ja getragen. Seine Absicht war, den Mord zu vertuschen. Wahrscheinlich hätte man bei einer durch einen Zug zerstückelten Leiche kaum feststellen können, woran dieses Mädchen wirklich gestorben war.

Harry zeigte auf den knapp verschneiten Holzweg. »Sehen Sie die Fahrspuren dort, Chef? Ein Lastwagen, ganz frische Spuren. Der Wagen hat hier gestanden und hier beginnen die

Schrittspuren. Der Mörder ist in einem Lastwagen gekommen.«

Ja, Harry hatte recht. Der Mörder war mit einem Lastwagen gekommen.

Während die Spurensicherung weiterging, fuhren Grabert und ich zurück nach München und suchten das Haus in der Karl-Theodor-Straße auf.

Im zweiten Stock fanden wir neben dem Türschild des Wohnungsinhabers, der Schulz hieß, zwei Visitenkarten: Irmgard Lenk, Erika Lenk.

Eine ältere Frau machte uns auf und sah uns erschrocken an. Mich ärgert es immer, wenn eine Tür aufgemacht wird und ich das Erschrecken, die Angst sehe, mit der man uns mustert, längst bevor wir sagen: »Wir sind von der Kriminalpolizei.«

Jedesmal denke ich: Ist es denn wirklich schon so weit, daß alle Menschen Angst haben, wenn sie nur eine Tür aufmachen?

Frau Schulz ließ uns eintreten, wandte sich um und rief: »Fräulein Erika.«

Aus einem Zimmer kam ein Mädchen auf die Diele heraus.

Die Ähnlichkeit mit der Toten war unverkennbar. Auch sie hatte lange blonde Haare. Sie sah uns an, sie stand ganz still und sagte sofort mit angehaltenem Atem: »Irmgard? Ist etwas mit Irmgard?«

Ich bin ungern der Überbringer schlechter Nachrichten. Ich finde keine Worte. Gottseidank wissen dies meine Leute, obwohl wir nie darüber gesprochen haben. Sie nehmen mir die Arbeit meistens ab.

Grabert sagte leise: »Ist Irmgard Lenk Ihre Schwester? Dann muß ich Ihnen mitteilen, daß Ihrer Schwester etwas zugestoßen ist.«

Ich kenne es. Wie kenne ich das, dieses langsame Mitteilen eines so schrecklichen Tatbestandes. Ich weiß wie sie dastehen, wie langsam der Verstand plötzlich ist, weil er sich weigert, es zu begreifen.

Dieses Mädchen begriff sofort. Sie war kreidebleich und sagte ganz leise: »Kommen Sie herein.«

Sie führte uns in das Zimmer, das sie mit ihrer Schwester bewohnte. Sie setzte sich. Sie hatte keine Kraft mehr, oder sie wollte das Zittern unterdrücken. Sie senkte den Kopf, machte die Schultern rund. So saß sie eine ganze Weile, dann hob sie den Kopf und beantwortete unsere Fragen.

Wir erfuhren folgende Einzelheiten: Irmgard Lenk fuhr fast jeden Freitag nach Stuttgart hinauf. Dort hatte sie einen Freund, mit dem sie das Wochenende verbrachte. Sie fuhr nicht mit dem Zug, sondern als Anhalterin.

Erika Lenk sagte: »Ich habe immer versucht ihr auszureden, als Anhalterin zu fahren, aber sie hat mich beruhigt. Sie fahre fast immer mit demselben Mann, mit demselben Wagen. Jeden Tag fahre ein Lastwagen die Strecke nach Stuttgart hinauf. Der Mann habe sie einmal mitgenommen und nehme sie nun immer mit, wenn sie gegen sieben Uhr auf der Autobahneinfahrt warte.«

Grabert sah mich an. Ich spürte seine Erleichterung. Eine Menge Anhaltspunkte. Das fand ich auch, und ich begann, mich etwas wohler zu fühlen. Mich machte es ganz krank, vor einem Fall zu stehen, dem die Gefahr anhaftet, daß er unlösbar ist. Dieser Fall bot Möglichkeiten an, eine Menge Möglichkeiten.

Irmgard Lenk fuhr immer mit demselben Mann. Grabert fragte und fragte. Ja, auch diesmal sei Irmgard sicher mit demselben Mann gefahren. Sie habe etwas verschlafen, das stimme allerdings. Sie habe deshalb wohl nicht gefrühstückt, nur ein Glas Milch getrunken.

Was für ein Wagen war das? Hat sie über den Mann gesprochen? Was für ein Mann war es? Ein älterer Mann? Ein jüngerer Mann?

Erika Lenk saß bleich, etwas trostlos, aber mit großer Willenskraft, sich zu konzentrieren. Sie beantwortete alle Fragen, so gut sie konnte, aber letzten Endes konnte sie nur eins berichten: Der Fahrer sei jünger, ein jüngerer Mensch. Er sei witzig, lustig, erzähle viel. Irmgard habe gesagt, der Mann brächte sie stets zum Lachen. Er habe Kaffee bei sich. Er habe ihr welchen angeboten. Er habe Musik im Wagen. Ein ganz reizender Mann, mit dem die Fahrt wie im Fluge vergehe.

Und noch etwas sagte Erika Lenk. Ihre Schwester habe sich verpflichtet gefühlt, dem Fahrer etwas mitzubringen. Geld habe er nie angenommen. Deshalb habe Irmgard einen kleinen Stofflöwen gekauft, den sie ihm geschenkt habe, als Talisman für den Wagen.

Grabert notierte. Er war eifrig, glücklich. Das waren doch Anhaltspunkte.

»Wissen Sie, wie dieser Stofflöwe aussah? Können Sie ihn beschreiben?«

Erika Lenk beschrieb ihn. »Ich habe ihn mit Irmgard zusammen gekauft.«

Dann fiel ihr noch etwas Wichtiges ein. Sie sagte, Irmgard habe einmal erwähnt, daß der Wagen es bis zur Autobahn nicht weit habe. Fünf Minuten brauche er nur von seinem Standort bis zur Autobahnauffahrt.

Grabert sah mich an: »Na, Chef«, sagte er, »den Burschen kriegen wir. Den haben wir bald.«

Ich sah das Mädchen an. Erika Lenk schien immer noch in ihre Traurigkeit verloren zu sein. Seit acht Jahren lebte sie mit ihrer Schwester zusammen. Bei einem Fährunglück in Dänemark waren die Eltern umgekommen. Die beiden Schwestern hatten niemanden mehr. Ich sah es, ich spürte es bei jedem Wort – die beiden Schwestern hatten sich geliebt.

Grabert drängte es weg, ins Büro, er wollte telefonieren, besprechen, die Arbeit aufnehmen. Ich hingegen zögerte. Ich wußte nicht weshalb. Ich mußte überlegen, weshalb ich zögerte. Ja, das war es: ich hatte Angst. Angst um Erika Lenk, die im Zimmer stand, uns ernst und höflich ansah. Aber aus ihren Augen hatte sich alle Lebendigkeit entfernt.

»Kann ich irgend etwas für Sie tun?« fragte ich, aber das Mädchen sah mich ausdruckslos an und schwieg, und ich dachte: Komm, geh weg, sie will weinen, laß sie endlich weinen.

Traurigkeit anderer Menschen bedrückt mich. Man sollte meinen, daß ein Beruf wie meiner mit der Zeit härter macht. Es stimmt nicht. Er hat mich immer empfindlicher gemacht, und es gibt Phasen, in denen ich denke, ich bin für meinen Beruf völlig ungeeignet.

Schweren Herzens ließ ich Erika Lenk allein. Um mich um eine Tote zu kümmern, ließ ich die Lebende allein.

Wir gingen an die Arbeit.

Der wichtigste Anhaltspunkt war, daß der Lastwagen, mit dem Irmgard Lenk nach Stuttgart fuhr, nur fünf Minuten bis zur Autobahnauffahrt brauchte. Wir berechneten die Entfernung, die ein Lastwagen in fünf Minuten zurücklegen kann und schlugen einen Kreis um die Autobahnauffahrt. Es galt, ein Unternehmen zu finden, das mehrere Lastwagen laufen hat und jeden Tag einen Wagen rauf nach Stuttgart schickt.

Damit hatten wir den ganzen Tag zu tun.
Und dennoch keinen Erfolg.
Wie immer, wenn ich einen Fall anfange und noch im ersten Stadium bin, schlief ich schlecht. Andauernd sah ich Bilder vor mir. Die Tote neben den Gleisen, die von den Bäumen tropfende Nässe, ich sah Erika Lenk vor mir, die etwas leeren Augen, die den Blick nach innen gerichtet hielten. Ich sah ihre blonden Haare und die unglaublich belebte Schönheit dieses Mädchens.

Ziemlich verdrossen kam ich ins Büro und wußte nicht, was zur gleichen Zeit passierte. Ich erfuhr es nachher. Erika Lenk war morgens sehr früh aufgestanden. Ihre Vermieterin hatte gesagt: »Was stehen Sie so früh auf?« Aber Erika Lenk hatte nicht geantwortet. Sie war zur Autobahnauffahrt hingegangen, hatte sich dort hingestellt.

Später habe ich mir gesagt, ich hätte wissen müssen, daß sie auf eine solche Idee kommen konnte. Sie war der Typ. Sie war jemand der zu Unbedingtheiten neigte. Und sie war furchtlos. Sie suchte den Mörder ihrer Schwester auf ihre Weise und wollte sich dabei von niemandem in die Karten sehen lassen.

Es war immer noch kalt. Der Himmel war grau von kalter Nässe, und ab und zu wehte eine Mischung aus Wasser und Schnee herunter. Erika Lenk ging auf und ab, ihr Maximantel schlug auf, zeigte ihre langen Beine. Die Haare flogen, sie warf sie nach hinten. Sie drückte alle Erregung in diesen Bewegungen aus und sah den anfahrenden Lastwagen entgegen.

Sie hielten. Und Erika Lenk fragte: »Stuttgart? Fahren Sie nach Stuttgart?«

Wenn jemand sagte: »Steigen Sie ein, ich fahre nach Köln«, dann sagte sie: »Danke, ich will nach Stuttgart.«

»Aber hören Sie doch«, sagte der Fahrer, »ich komme doch über Stuttgart.«

»Nein, danke«, sagte Erika Lenk und wandte sich ab; der Mann hatte alles Interesse für sie verloren.

Und sie sah auf ihre Uhr. Sieben Uhr, zehn nach sieben. Das war die Zeit. Der Wagen würde kommen. Der Wagen mit dem Mörder ihrer Schwester.

Viertel nach sieben. Erika Lenk sah den ankommenden Wagen entgegen, sah die Windschutzscheiben, suchte den Stofflöwen.

Wieder hielt ein Wagen. Ein Mann beugte sich vor.

»Nach Stuttgart?« fragte Erika Lenk.

»Ja«, antwortete der Fahrer, »steigen Sie ein.«

»Direkt nach Stuttgart?« wollte Erika Lenk wissen.

»Ja. Direkt nach Stuttgart.«

Da stieg Erika Lenk ein.

Sie hat es mir später beschrieben: »Ich stieg ein und mein einziger Gedanke war: Ist das der Mann? Ich steckte mir eine Zigarette an. Der Mann war etwa Ende zwanzig. Er war nicht besonders gekleidet. Er war auch nicht lustig. Und er spielte keine Musik. Der Mann sah mich von der Seite an. Sein Blick kroch gleichsam herüber. Mein Mantel war aufgeschlagen. Er sah meine Beine, meine Knie. Mir wurde ganz kalt, wenn ich seinen Blick sah. Ich stellte ihm Fragen. Ich fragte, woher er komme. Menzinger Straße, sagte er. Ich wußte, wo sie ist. Das sind keine fünf Minuten bis zur Autobahn. Ich fragte: »Fahren Sie öfter nach Stuttgart?«

»Jeden Tag«, sagte der Mann.

»Morgens?«

»Ja, morgens.«

»Gegen sieben?«

»Ja, so gegen sieben.«

Alles stimmte, alles paßte. »Kann man Musik machen?« fragte ich.

»Warum nicht«, erwiderte der Mann. Seine Hand suchte den Schalter des Radios. Eine kräftige Hand, ein roter Haarflaum auf dem Handrücken. Mir wurde ganz schlecht. Vielleicht war es dieser Mann? Ich sah die Hand eines Mörders, der einen Sender suchte, mich ansah und meinte: »Sagen Sie mir, wenn Ihnen eine Musik gefällt.«

Ich fragte so vorsichtig wie möglich weiter. Ob er öfter Mädchen mitnehme? Ja, sagte er, wenn so ein Mädchen dasteht, so wie ich dastehe. Ich spürte seine Erregung.

Der Mann war nicht natürlich, nicht unbefangen. Er war voller Wünsche, und seine Wünsche waren eindeutig. Eine Frau spürt das. Die ganze Zeit dachte ich: Er kann es sein. Vielleicht ist er es. Vielleicht ist es der Mann, der Irmgard umgebracht hat.

Eine Stunde später – der Mann war ziemlich verstummt – fuhr er plötzlich auf einen Parkplatz und hielt. Der Mann wandte mir sein Gesicht zu. Es war kein anderer Wagen da. Und es war Wald in der Nähe. Er verzog den Mund, er lachte lautlos. Ich wußte nicht, daß man lautlos lachen kann. Er lachte ohne Atem, denn er hatte keinen. Er hielt an. Er war auf eine irrsinnige Weise aufgeregt. Ich dachte: Er ist der Mörder. Er ist der Mörder! Ich schrie ihn plötzlich an: Waren Sie es? Haben Sie Irmgard umgebracht? Waren Sie es? Sind Sie der Mörder meiner Schwester? Sie waren es!

Ich schrie, daß man es über den ganzen Parkplatz hören mußte.

Ich hatte die Tür aufgerissen, stand schon halb auf dem Trittbrett, der Mann starrte mich völlig entgeistert, ja entsetzt an. Ich weiß nicht, ob er nach mir griff oder ob er mich stieß, ich fiel jedenfalls auf die Erde in den dreckigen Schnee, während der Wagen losfuhr. Er jagte förmlich auf die Autobahn zurück. Ich stand da und hatte nur einen Gedanken: War er der Mörder? War er es? Ich versuchte, die Nummer zu behalten. Ich sah nur ein Schild: Schmidt, Menzing, Transporte. Den Namen. Wenigstens hatte ich den Namen.«

Soweit die Erzählung Erika Lenks. Ich hatte ihr zugehört und fühlte mich betroffen, denn ich hatte nicht genügend in Rechnung gestellt, welche Gefühle da freigesetzt wurden. Für mich war es nur ein Fall, eine polizeiliche Aufgabe, eine Ermittlung.

Ich fühlte mich schuldbewußt. Zumal Erika weiter erzählte. Irgend jemand hatte sie mitgenommen in Richtung Stuttgart, sie hatte sich einen ganzen Tag lang auf der Autobahn herumgetrieben, in Rasthäusern gesessen, an Tankstellen auf eine Gelegenheit gewartet, wieder nach München mitgenommen zu werden.

Und da begegnete sie dem Mann, der ihre Schwester jeden Freitag nach Stuttgart mitgenommen hatte. Sie begegnete ihm ganz unvermittelt. Sie ging an einem Lastwagen vorbei, der mit offener Tür an einer Tankstelle stand. Sie sah hinein – und sah den Stofflöwen. Er lag auf dem Armaturenbrett und war genau der Löwe, den sie selbst mit ihrer Schwester zusammen gekauft hatte. Kein Zweifel.

Erika sah sich um. Ein junger Mann sprach mit dem Tankwart, lachte, ein vergnügter junger Mann, der sich jetzt umwandte und auf seinen Wagen zuging.

Erika erzählte mir später: »Ich habe ihn angesprochen. Nehmen Sie mich nach München mit? Der junge Mann sah mich an. Er sagte sofort: Ja. Natürlich. Steigen Sie nur ein. Der Mann war vergnügt, gutgelaunt – und Sie können sich denken, daß mir der Atem stehenblieb – das ist der Mann, er ist es. Er ist witzig, er redet ununterbrochen, er hat sofort Musik angestellt, und er hat den Stofflöwen. Das Sonderbare war, daß der Mann ganz sympathisch war. Er sah nicht wie ein Mörder aus. Aber weiß ich, wie Mörder aussehen? Müssen sie so aussehen, wie man sich Mörder vorstellt? Behutsam fragte ich. Ja, er fährt jeden Tag nach Stuttgart. Ja, er nimmt Mädchen mit. Warum nicht? Ob er eine Freundin habe? Er begann sofort zu erzählen, ja, er beschrieb sie. Mir blieb das Herz stehen: Er beschrieb Irmgard! Er beschrieb sie, wie sie leibt und lebt. Ich fragte: Wie heißt denn Ihre Freundin? Irmgard, sagte er. Irmgard. Wir sind zusammen in Westerland gewesen, im Juni. Wir haben Urlaub gemacht. Ich starrte den Mann an. Urlaub? Sylt? Irmgard war nie in Sylt gewesen. Was erzählte der Mann da! Aber zugleich war ich völlig sicher, daß er Irmgard meinte, meine Schwester Irmgard. Ich sagte: Fahren Sie auf den Parkplatz da vorn. Er tat es. Er sah mich an. Plötzlich war er ein bißchen ängstlich, fast beklommen. Er redete nicht mehr, er sah mich nur ganz unruhig an. Ich konnte nicht mehr. Ich sagte: Sie also waren es? Sie haben meine Schwester umgebracht! Ich sprang auf die Erde und rannte zum Autobahntelefon hin.«

Soweit wieder die Erzählung Erikas.

Wir bekamen den Anruf von der Autobahnmeisterei. Ein aufgeregter Mann sagte: »Hören Sie, wir bekommen da eben einen wirren Anruf. Eine Frau erzählt, sie sei mit einem Mörder unterwegs.«

Wir schickten sofort die Autobahnpolizei los.

Und als Erika Lenk im Polizeiwagen nach München zurück kam, warteten wir schon am Eingang der Autobahn auf sie und auf den Lastwagen, den ein völlig verstörter junger Mann lenkte. Neben ihm saß inzwischen ein wachsamer Polizeibeamter.

So erfuhren wir, was Erika Lenk auf sich genommen hatte. Ich bewunderte das junge Mädchen ebenso, wie ich sie kritisieren mußte. Uns standen die Haare zu Berge, wenn wir daran dachten, in welche Gefahr sie sich begeben hatte.

Grabert sagte: »Chef, die Idee, die sie hatte, war schon goldrichtig«.

»Nein«, sagte ich, »sie war absolut falsch.«

Meine Leute wissen, was ich von dieser Ködertheorie halte. Gar nichts. Bringe niemals jemanden in Gefahr, das ist ein Grundsatz, nach dem ich, so gut es ging, immer gehandelt habe. Das eigene Risiko ist etwas anderes. Ich sagte dem Mädchen: »Hoffentlich sind Sie nicht zu stolz auf das, was Sie erreicht haben. Dasselbe wissen wir nämlich auch.«

In der Tat, wir waren erfolgreich gewesen: Wir hatten die Transportfirma herausbekommen, die jeden Morgen Wagen nach Stuttgart schickt, und nicht nur einen.

Der junge Mann, in dessen Wagen Erika den Stofflöwen ihrer Schwester entdeckt hatte, hieß Rabe und war Fahrer der Firma, die wir entdeckt hatten. Zur gleichen Firma gehörte auch der Fahrer, mit dem Erika Lenk am Morgen gefahren war. Der Mann hieß Knabbe.

Wir schickten Erika Lenk nach Hause. Sie konnte sich kaum

mehr auf den Beinen halten, aber sie bewahrte Haltung.

Wir verhörten den jungen Mann. Rabe war verwirrt, schweißnaß, hilflos. Er gab sofort zu, jeden Freitagmorgen mit Irmgard Lenk nach Stuttgart gefahren zu sein. »Aber gestern nicht«, beteuerte er, »gestern nicht. Sie war nicht da. Ich habe mich umgeschaut, ich habe sogar ein paar Minuten gewartet, aber sie kam nicht. Da bin ich losgefahren, ich konnte ja nicht endlos warten.«

Bei dieser Aussage blieb er. Wir verhörten ihn mehrere Stunden lang, aber er blieb dabei.

Wir waren schließlich völlig ermattet. Harry sagte: »Chef, der Junge ist ganz weich. Der hat keinen sehr festen Kern, den hat er nicht. Ich meine, vielleicht stimmt das, was er sagt.«

Den Gedanken hatte ich auch schon gehabt. Rabe war nicht der Mann, der einem Verhör auf die Dauer gewachsen sein konnte.

Ich schickte ihn nach Hause.

Wir hatten den Mann gefunden, mit dem Irmgard regelmäßig gefahren war, und dennoch standen wir völlig am Anfang unserer Ermittlungen und wußten nichts.

Am Abend noch rief Erika Lenk an. Ob Rabe gestanden habe.

»Nein«, sagte Harry, »er hat nicht gestanden.«

Etwas später kam die Rehbein herein und sagte: »Chef, da ist nochmal Erika Lenk am Apparat. Sie möchte gern die Adresse von Rabe haben. Soll ich ihr die geben?«

Ich überlegte, aber ich war zu müde, nachzudenken. Außerdem, was konnte sie schon damit anfangen. »Gib sie ihr«, sagte ich.

Alles Weitere weiß ich dann wieder von Erika Lenk.

Sie hatte kaum die Adresse von Rabe, als sie ihn aufsuchte. Rabe war gleich nach Hause gegangen. Er wohnte möbliert und hatte sich auf sein Sofa geworfen. Der Mann war total erledigt.

Da war nämlich etwas, was Erika Lenk nicht hatte ruhen lassen: Wieso hatte Rabe erzählt, er sei mit Irmgard in Westerland gewesen.

Ich selbst machte mir nachher Vorwürfe, daß ich diesen wichtigen Punkt so ganz außer acht gelassen hatte.

Erika suchte also Rabe auf, er stand wie aufgescheucht von seinem Sofa auf, als Erika hereinkam; er hatte sie angestarrt wie ein Mann, der nur noch aus Aufregung und Angst bestand.

Westerland? Rabe wischte sich den Schweiß von der Stirn und zuckte die Achseln. Lassen Sie mich doch in Ruhe, hatte er gesagt, ich weiß nichts mehr, ich weiß nicht, was Sie von mir wollen.

Und jetzt muß ich Erika Lenk wieder bewundern. Sie war auf eine Idee gekommen, auf die sie möglicherweise eher kommen mußte als ich, und das aus einem einzigen Grund, weil sie nämlich eine Frau war. Sie begriff plötzlich, daß dieser Rabe ein Angeber war. Er hatte sich diese Westerlandgeschichte ausgedacht wie einen Traum, den er selbst für wahr hielt.

»Ich wußte plötzlich, Herr Kommissar, dieser Mann hatte niemals etwas mit einer Frau zu tun gehabt. Er hat immer nur davon geredet. Ich sah es, ich begriff es, der Mann wich vor mir zurück. Er hatte Angst vor mir. Seine ganze Witzigkeit, der Spaß, den er machte, verdeckte seine Hemmungen, die ihn auf der anderen Seite reden ließen, reden, phantasieren und angeben. Das merkte ich, und ich wußte sofort: Er ist nicht der Mörder. Den Mörder kenne ich noch gar nicht.«

Wir nahmen den Autohof genauer unter die Lupe. Welche Fahrer fuhren nach Stuttgart? Wir sprachen mit dem Fahrmeister der Firma. Ein gewisser Buddy. Der Mann sah uns skeptisch an: »War es denn der Rabe nicht?«

»Nein«, sagte Heines, »Rabe war es nicht.«

»Aber, hören Sie mal«, sagte Buddy, »der Rabe hat doch andauernd erzählt von dem Mädchen. Er hat uns allen gesagt, daß morgens gegen sieben ein Mädchen an der Autobahn auf ihn wartet, daß er sie mitnimmt, und welchen Spaß er unterwegs mit ihr hat.«

»Was soll das heißen?« fragte Grabert.

»Ja«, nickte auch der Unternehmer, kam näher, mischte sich ein und sah von einem zum anderen, »der Rabe hat die tollsten Geschichten erzählt, was er alles mit dem Mädchen anstellt.«

Grabert sah mich unsicher an.

Auch Buddy nickte: »Das kann ich nun beschwören. Nicht nur ich. Das können wir alle beschwören, und wir haben dreißig Fahrer. Da weiß jeder, was für einen Spaß sich der Rabe an jedem Freitag macht, was für ein tolles Mädchen er mitnimmt und wie sie es gar nicht abwarten kann, ihm auf den Schoß zu springen.«

Das war der Augenblick, in dem ich zu ahnen begann, was Erika Lenk schon wußte, daß nämlich Rabe ein Angeber war, ein Mann, der von wilden Geschichten lebte, die ihm seine Phantasie eingab.

»Aber Rabe war es nicht«, wiederholte Grabert, »der Mann hätte gestanden, wenn er es gewesen wäre.«

»Wollen Sie sagen, es war ein anderer, einer von unseren Leuten?«

»Ja«, sagte ich jetzt. Der Mann gefiel mir nicht. Er trug eine

Lederweste, hatte ein breites, flächiges Gesicht, eine stumpfe gedrungene Nase. Seine Blicke waren wieselflink, er tastete uns mit den Blicken ab, dann hob er die Schultern: »Sie sind die Polizei«, sagte er, »stellen Sie doch alles auf den Kopf.«

Der Mann war ziemlich kaltblütig, und er hatte eine Art, die mich aufmerksam machte.

Der Unternehmer murmelte: »Geht denn die Verhörerei weiter?«

»Ja, Chef«, sagte Buddy, »es geht weiter.«

Vier Leute kamen in Frage: Rabe, Knabbe, ein gewisser Brassmann und ein gewisser Zollich. Sie waren schon wieder unterwegs nach Stuttgart.

Buddy sagte: »Hätte ich sie nicht losschicken sollen?«

»Schon gut«, erwiderte Grabert, »es reicht, wenn Sie uns erzählen, was mit den Leuten los ist.«

Der Unternehmer mischt sich ein. »Ich lege meine Hand für meine Leute ins Feuer«, beteuerte er, »die können sich auf mich verlassen und ich kann mich auf sie verlassen. Es sind anständige Leute, sie kommen einfach nicht dafür in Frage.«

Buddy sah seinen Chef etwas spöttisch an: »Nana, Chef –«, sagte er, »engagieren Sie sich man nicht so.«

»Warum soll ich nicht?« murmelte der Unternehmer. Der Mann war aufgeregt, tupfte seine Stirn ab, suchte nach einer Zigarette. Buddy grinste mich an: »Es nimmt ihn sehr mit«, sagte er, »der Chef ist seriös, wissen Sie, er hat einfach Angst, daß sein guter Ruf zu Schaden kommt.«

Wir untersuchten die Verhältnisse Knabbes, Brassmanns und Zollichs. Einer war verheiratet, einer trank gerne und war auch schon mal wegen Körperverletzung vorbestraft. Alles in allem kam jedoch nicht viel dabei heraus.

Buddy stand in seiner Lederweste da, sah uns nacheinander an und meinte: »Ich denke, Herr Kommissar, Sie müssen ein Haus weitergehen. Oder –? Was ist Ihre Meinung?«

Der Mann war mir zu ironisch, und ich fragte mich, warum er diese Ironie so auffällig zeigte. Was war mit dem Mann los?

Ich nahm seinen Chef beiseite. »Was ist mit Ihrem Fahrmeister? Was ist das für ein Mann?«

Schmidt starrte mich an, und sein Schrecken war unübersehbar: »Buddy?« flüsterte er, »aber Herr Kommissar, der ist vollkommen in Ordnung.«

Er sagte dies mehrere Male hintereinander.

Grabert und Heines gingen ins Büro hinüber, um die Fahrtenbücher einzusehen.

Heines kam ziemlich schnell wieder heraus, nahm mich beiseite und sagte:

»Chef, der Fahrmeister Buddy fährt auch eine Tour jeden Morgen.«

»Ja«, sagte ich, denn Buddy fuhr gerade mit seinem Lastwagen auf die Straße hinaus. »Er muß nach Dachau. Verstehen Sie nicht, Chef?« flüsterte Heines, »er muß nicht über die Autobahn fahren, aber er könnte. Soll ich ihm mal nachfahren, dann wissen wir, welchen Weg er nimmt und ob er auch in Frage kommt.«

»Ja«, sagte ich, »mach das, Robert.«

Heines setzte sich in seinen Wagen und fuhr dem Lastwagen nach.

Bei alledem hatte ich Erika Lenk aus meinem Gedächtnis verloren. Ich hätte wissen müssen, daß sie kein Mensch ist, der so früh aufgibt.

Sie sagte mir später: »Wissen Sie, Herr Kommissar, es gibt Geschwister, die sich nicht verstehen. Bei uns war das anders. Ich liebte Irmgard und sie liebte mich. Ich gebrauche mit Absicht das Wort Liebe. Sie war ein Teil von mir selbst. Ich schlief nicht, konnte einfach nicht schlafen und habe mich am nächsten Morgen wieder an die Autobahn gestellt. Was hätte ich tun sollen?«

Ja, Buddy fuhr nach Dachau. Heines fuhr hinter ihm her und stellte fest, daß Buddy tatsächlich die Autobahn nahm. Auch er fuhr also freitags die Strecke. Und an der Autobahnauffahrt stand wieder Erika Lenk, halb wie in einem Traum. Sie hielt nur Lastwagen an und wenn einer hielt, fragte sie: »Fahren Sie nach Stuttgart?« Sie stand auch noch da, als Buddy auf die Autobahnauffahrt kam. Er hielt seinen Wagen an.

Heines war dicht hinter ihm und sah den Vorgang ziemlich genau.

Erika Lenk ging an die offene Wagentür heran und fragte: »Fahren Sie nach Stuttgart?«

Buddy sah das Mädchen an. »Sie wollen nach Stuttgart?« fragte er. »Warum wollen Sie nach Stuttgart?«

Er wußte offenbar sofort, um wen es sich handelte. Knabbe hatte erzählt, daß er die Schwester der Ermordeten mitgenommen habe. Oder – fiel ihm die Ähnlichkeit auf? Fiel sie ihm auf, weil er Irmgard kannte? Hatte er Irmgard vielleicht vorher gesehen? Das waren die Gedanken, die Heines sofort durch den Kopf schossen.

Ehe Erika zu Buddy in den Wagen steigen konnte, war Heines heran und sagte zu Buddy: »Nehmen Sie jeden Tag den Weg über die Autobahn?«

Buddy war ziemlich erschrocken. »Nanu«, sagte er, »Sie sind mir nachgefahren?«

»Ja«, hatte Heines geantwortet, »es interessierte uns, ob Sie auch den Weg über die Autobahn nehmen.«

Erika Lenk stand daneben und hörte gebannt zu. Buddy schien seine Gelassenheit schnell wieder zu gewinnen. Er grinste Heines an. »Wenn schon«, sagte er, »ich fahr' nach Dachau, nicht nach Stuttgart.«

»Der Mörder«, hatte Heines gesagt, »muß nicht bis Stuttgart gekommen sein. Nur bis zum Parkplatz eine halbe Stunde von hier.«

»Ach, gehen Sie zum Teufel«, hatte Buddy gesagt, »verhaften Sie mich vielleicht?«

»Nein«, hatte Heines gesagt, »fahren Sie nur los.«

Buddy war losgefahren.

Heines kam mit Erika auf den Autohof, wo ich mich noch aufhielt.

»Sie hat wieder auf der Autobahn gestanden, Chef«, sagte Heines und wies auf Erika.

»Ist das falsch?« murmelte Erika, »haben Sie den Mörder?«

»Nein«, sagte ich, »wir haben ihn noch nicht.«

Ich überlegte hin und her. Buddy war plötzlich sehr verdächtig geworden.

Sein Chef stand atemlos da, starrte mich an und versuchte zu lachen, es mißlang jedoch. »Herr Kommissar«, sagte er, »Buddy macht sich gar nichts aus Frauen. Er trinkt gern, er raucht gern, er geht gern zum Fußballspielen, aber ich habe noch nie gehört, daß er wegen einer Frau den Kopf verloren hätte.«

»Aber er ist über die Autobahn gefahren«, sagte Grabert.

»Aber nicht um sieben«, sagte Schmidt eigensinnig.

»Buddy fährt immer als letzter 'raus«, fügte Schmidt hinzu.

»Irmgard Lenk hatte an dem Tag verschlafen. Sie war später dran als sonst«, sagte Grabert.

Schmidt blieb eigensinnig. »Buddy fährt gegen acht. War das Mädchen so spät dran?«

Er hatte recht. Irmgard Lenk hatte sich am Mordtag um etwa fünf oder zehn Minuten verspätet, nicht um eine ganze Stunde. Aber dennoch.

Ich überlegte. Wenn der Mann sich nicht so auffällig benommen hätte! Irgend etwas war mit ihm. Irgend etwas. Er wußte etwas. Er benahm sich wie jemand, der etwas wußte.

Meine Erfahrung sagte es mir.

Ich vertrete die Meinung, daß jemand, der etwas getan hat, sein Wesen verändert. Er kann nicht so bleiben, wie er ist. Er verliert etwas. Er verliert an Ruhe. Auch Buddy, der Fahrmeister, hatte an Ruhe verloren. Er war gleichsam außer sich. Er war jemand anderer. Er hatte mich angesehen, aufmerksam und zugleich sonderbar heiter. War »heiter« das richtige Wort? Ich wußte es nicht.

Ich schickte Erika Lenk nach Hause.

»Gehen Sie nicht zur Arbeit?« fragte ich sie.

»Nein«, hatte sie geantwortet.

Ich achtete nicht mehr auf sie, weil ich völlig in Gedanken war. Es war der Augenblick gekommen, eine Entscheidung zu treffen. Ich sagte also zu Heines: »Bleib hier, Robert. Wenn Buddy von Dachau zurückkommt, dann nimm ihn fest. Ich werde einen Haftbefehl beantragen.

Schmidt, der Unternehmer, hatte zugehört und verlor alle Farbe aus seinem Gesicht. »Was wollen Sie?« fragte er entsetzt, »Buddy verhaften?«

Grabert sah mich an und murmelte: »Hoffentlich machen Sie keinen Fehler, Chef.«

Fehler? Wieviel Fehler hatte ich in meinem Leben schon gemacht!

Meine Entscheidung war nicht logisch. Das war sie bestimmt nicht. Wenn ich alle sachlichen Gründe zusammenzählte, dann waren es nicht gerade viel. Ich mußte mir eingestehen, daß ich Buddy nur eines Gefühles wegen festnehmen ließ, eines bloßen Gefühles wegen, das ich hatte.

Das tue ich ungern. Die Folge ist, daß ich verdrossen werde; das merkt jeder. Dann sieht mich die Rehbein ziemlich nachdenklich an und bewegt sich so leise und vorsichtig, als hätten wir einen Toten im Büro. Was mich noch verdrossener macht.

Am Nachmittag brachte Heines Buddy ins Büro mit.

Buddy kam, starrte mich an, schüttelte den Kopf und sagte: »Sie haben mich tatsächlich verhaften lassen? Bin ich verhaftet?«

Ich zeigte ihm den Haftbefehl. Er sah ihn sich an, las ihn durch, hob den Kopf und lachte: »Na, das ist ein Tag, Herr Kommissar. Darauf möchte ich einen trinken. Das erste Mal, daß ich richtig verhaftet bin.«

Ich muß zugeben, er machte mir nicht viel Mut. Auch meine Leute waren besorgter als der Mann, den wir festgenommen hatten. Sie wagten mich nicht anzusehen, sie gingen mir tatsächlich aus dem Weg.

»Ja«, sagte ich zu Buddy, »ich habe Sie festnehmen lassen, weil ich der Meinung bin, daß Sie Irmgard Lenk ermordet haben.«

»So?« sagte Buddy mit ironischer Heiterkeit, »ich habe Irmgard Lenk ermordet.«

»Ja«, sagte ich, »die Erzählungen, die Phantasien Rabes haben Sie angeregt, sich selbst einmal das Vergnügen zu verschaffen, von dem Rabe so begeistert erzählte. Sie wußten ja von Rabe, daß Irmgard Lenk Freitag morgens an der Autobahn stand und wartete. Rabe war pünktlich losgefahren, hatte aber Irmgard Lenk verfehlt. Und Sie haben sie mitgenommen. Sie wurden zudringlich, erhofften ein Vergnügen, das Irmgard Lenk Ihnen sonderbarerweise nicht gewähren wollte und haben sie – da sie sich wehrte und Ihnen mit einer Anzeige drohte – umgebracht.«

Buddy lachte herzlich. »Was für eine Geschichte«, sagte er und setzte sich, schlug die Beine übereinander und sah mich voll Heiterkeit an.

Der Mann hätte mich ziemlich schnell entnervt, wenn nicht diese sonderbare Heiterkeit gewesen wäre. Eine unnatürliche Fröhlichkeit, die ihn völlig durchtränkte. Eine Spur Schrecken wäre normal gewesen. Aber er zeigte nicht den geringsten Schrecken. Es war, als genieße er das Verhör mit freudiger Neugier.

Wegen dieser Fröhlichkeit, die Buddy ausstrahlte, gab ich nicht nach. Es wurde immer später, die Nacht brach herein. Und ich ließ nicht locker. Ich hörte mir immer wieder das an, was der Mann zu sagen hatte. Ich dachte, er wird schon müde werden, er wird diese verdammte Heiterkeit schon ablegen.

Zwischendurch klingelte immer wieder das Telefon. Schmidt, der Transportunternehmer, meldete sich und wollte wissen, was los sei, ob Buddy nicht endlich entlassen würde.

Um elf Uhr abends kam die Rehbein herein und sagte: »Dieser Mensch ist ziemlich hartnäckig, Chef. Er will Buddy einen Rechtsanwalt geben. Dann will er eine Kaution stellen. Geld spielt in diesem Fall überhaupt keine Rolle.«

Ich war ziemlich erschöpft. Und es dauerte eine Weile, bis ich begriff, was die Rehbein mir erzählte. Aber dann dachte ich nach.

»Geht Schmidt nicht schlafen?« fragte ich die Rehbein. »Es ist doch elf Uhr.«

»Nein«, sagte die Rehbein, »er sagte, man könne ihn bis morgen früh in seinem Büro erreichen.«

Ich war plötzlich ganz still.

Meine Leute sahen mich an. Grabert bot mir eine Zigarette an, Harry schenkte mir Kaffee ein. Sie sind prachtvoll zu mir, wenn sie es nicht wagen, ein gewisses Mitgefühl zu zeigen.

Merkten sie denn nicht, was los war?

Ich war plötzlich ziemlich vergnügt und sagte: »Wir verhören Buddy weiter, und wenn es bis morgen früh dauert.«

»Hm«, sagte Grabert und sah Heines an. Der sah Harry an. Sie sahen sich gegenseitig an.

»Chef«, sagte Grabert vorsichtig, »glauben Sie denn wirklich, daß Sie bei dem Mann Erfolg haben werden?«

»Ja«, sagte ich, »das glaube ich.«

Ich verhörte Buddy weiter, aber eigentlich führte ich das Verhör nicht mit ihm, sondern mit einem ganz anderen Gegner, mit seinem Chef, mit dem Transportunternehmer Schmidt aus der Menzinger Straße, der in seinem Büro saß, nicht schlafen ging, kein Auge zutat, sondern anrief.

Gegen zwölf Uhr rief er an und erkundigte sich nach Buddy; er rief gegen eins an, er rief gegen zwei an.

Die Rehbein war nicht schlafen gegangen.

Sie geht einfach nicht nach Hause, wenn ich die Nacht hindurch verhöre.

Ich wurde immer vergnügter.

»Chef«, sagte Grabert, »wissen Sie, warum Sie die Nuß nicht knacken können? In der ist einfach nichts drin.«

Und was drin war!

Selbst um fünf Uhr morgens rief Schmidt noch einmal an. Ich sprach selber mit ihm, einfach weil ich einen Eindruck von seiner Stimme haben wollte.

Der Mann war aufgelöst: »Was ist, was ist los?« schrie er ins Telefon. »Sie können Buddy doch nicht die ganze Nacht hindurch verhören?«

Schmidt war am Ende seiner Kräfte, das spürte ich. Buddy war es nicht. Er saß mir taufrisch gegenüber und sagte nett: »Geben Sie es auf, Herr Kommissar.«

»Nein«, sagte ich, »da kennen Sie mich schlecht.«

Um acht Uhr kam die Rehbein herein und sagte: »Da ist die Presse am Apparat. Sie haben irgendwie Wind gekriegt, daß im Mordfall Lenk eine Festnahme erfolgt ist.«

Buddy wurde unruhig. Ich sah, wie er unruhig wurde. »Was?« sagte er, »Presse? Zeitung? Was wollen die denn wissen?«

»Ihren Namen wollen sie wissen«, sagte die Rehbein grob.

»Kommt nicht in Frage«, sagte Buddy aufgeregt. Keine Spur von Heiterkeit mehr, keine Spur von Gelassenheit.

Und ich sagte zur Rehbein: »Geben Sie den Namen durch. Sagen Sie, wir haben einen gewissen Buddy verhaftet, Fahrmeister bei der Transportfirma Schmidt. Dringend tatverdächtig.«

»Das können Sie nicht machen«, schrie mich Buddy an.

»Doch«, sagte ich, »das kann ich machen.« Ich fühlte, ich hatte jetzt den Hebel in der Hand, um diesen Mann aus den Angeln zu heben. Er wollte nicht in die Zeitung. Unter keinen Umständen.

Er sah mich an und sagte aufatmend: »Okay, Herr Kommissar, Sie haben gewonnen. Ich werde Ihnen sagen, wie es gewesen ist.«

Und dann erzählte Buddy alles, was er wußte.

Am Freitagmorgen seien alle Fahrer schon vom Hof gewesen. Vorher hatten sie sich noch mit Rabe über das Mädchen unterhalten, das er mitnehmen würde. Es war ja Freitag. Und Rabe hatte wie wild gesponnen.

»Soll ich Ihnen was sagen«, sagte Buddy, »dieser Rabe hat die Leute einfach geil gemacht. Und plötzlich – ich bin mit dem Chef allein auf dem Hof – sehen wir in der Einfahrt ein Mädchen hereinkommen. Ich erkannte sie sofort: ›Chef‹, sagte ich, ›das ist das Mädchen, von dem Rabe erzählt hat‹. Sie kam an. Sie sagte, Entschuldigen Sie, sie fahre immer mit einem unserer Fahrer nach Stuttgart, sie habe sich heute verspätet. Ob der Mann schon weg sei. ›Ja‹, sagte ich, ›der ist schon weg.‹ – ›Schade‹, sagte sie, dreht sich um und ging weg. Wissen Sie, Herr Kommissar«, meinte Buddy, »wir glaubten doch, was der Rabe erzählt hatte, wie das Mädchen ist, was sie macht, was sie gerne hat. Und sie sah aus, ich kann Ihnen sagen, wir waren ganz weg. Der Chef war weg, ich war weg. Ich sagte: ›Na, Chef, wollen Sie das Mädchen nicht nach Stuttgart bringen?‹ Er lachte, er sagte: ›Das wär' ein Ding.‹ Ich sagte: ›Nehmen Sie den Elfer. Wagen elf. Der ist frei. Bringen Sie das Mädchen nach Stuttgart und machen Sie sich einen schönen Tag.‹ Er sagte wieder: ›Na, das wär' ein Ding.‹ Und ehe ich es versah, rief er dem Mädchen nach: ›Warten Sie, ich fahr nach Stuttgart. Wenn Sie nach Stuttgart müssen, ich nehme Sie mit.‹«

Das war es also.

Das war die Lösung. Schmidt hatte das Mädchen mitgenommen. Er war im Glauben an ein leichtes Abenteuer dem Mädchen zu nahe getreten, sie hatte sich geweigert, gewehrt, und der aufgeregte Mensch, enttäuscht, ängstlich geworden und schließlich wütend, hatte das Mädchen umgebracht.

Wir fuhren in die Menzinger Straße.

Schmidt wartete schon auf uns.

Irgendwie hatte er die ganze Nacht hindurch das Gefühl gehabt, daß Buddy nicht dicht halten würde.

Obwohl er ihm alles versprochen hatte, Geld, die Teilhaberschaft, alles.

Schmidt stand im Dreck seines Hofes, sah uns hereinkommen und wußte alles.

Er weinte. Der Mann war tränenüberströmt.

So leid tat er sich. Er schrie: »Dieser Rabe! Den Kerl schmeiß ich raus! Der ist gekündigt! Was hat der Mann alles erzählt! Warum hat der das alles erzählt? Reingefallen bin ich, ich bin darauf reingefallen!«

Er sah uns klagend an.

Wer sagt, daß Mörder Format haben?

Die kleine Schubelik

Als ich morgens ins Büro kam, etwas später als sonst, kam mir Grabert entgegen.
»Chef«, sagte er, »wir müssen gleich los. Ein Mord in der Kleingartensiedlung –« Er unterbrach sich und wandte sich an Heines, der ebenfalls aus dem Büro gekommen war, »– wie hieß die noch?«
»Fröhlicher Abend«, sagte Heines, »haben Sie schon mal einen so ulkigen Namen für eine Schrebergartensiedlung gehört?«
»Nein«, sagte ich, »was ist denn da passiert?«

Wir fuhren gleich los, und Grabert erzählte mir, ein Milchmann habe frühmorgens bei einem Bewohner dieser Siedlung, einem gewissen Schubelik, die Milchrechnung kassieren wollen. Durch das Fenster der Wohnlaube habe er den Mann auf seinem Bett liegen sehen. »Er hat die Funkstreife alarmiert, und die haben den Toten entdeckt. Der Mann wurde mit seinem Kopfkissen erstickt.«
»Ist das eine Sache?« murmelte Heines. »Ein sechzigjähriger Mann, den man wie einen Säugling erstickt hat?«
Die Siedlung erinnerte in keiner Weise an ihren hübschen Namen. Der »Fröhliche Abend« zeigte einen grauen, düsteren Morgen. Zwischen struppigen Büschen und Blumenbeeten lagen die verschiedenartigsten Wohnlauben verteilt. Sie waren

bewohnt, und es war nur natürlich, daß sich hier die Ärmsten angesiedelt hatten. Leute, denen es völlig gleichgültig war, wie und wo sie wohnten, wenn das Wohnen nur nicht viel kostet.

Harry kam uns schon entgegen. Er hatte die ersten Feststellungen gemacht.

»Na, Chef«, sagte er, »das müssen Sie sehen...«

Ich sagte: »Ich weiß schon, Flaschen, Gläser, Aschenbecher, unaufgeräumtes Geschirr.«

Harry sah mich verdutzt an. »Ja, Chef, waren Sie schon hier?«

»Nein«, sagte ich, »aber man kann einen erwachsenen Menschen nur dann mit einem Kissen ersticken, wenn er total betrunken ist.«

»So ist es«, sagte Harry trocken.

Ich sah mir die Wohnlaube an. Zwei Räume, eine Küche. Viel knarrendes Holz. Niedrige Decken. Der Tote lag auf einem zerwühlten Bett. Er war bekleidet, lag auf dem Rücken, das Kissen hatte man schon entfernt. Er hatte die typischen Merkmale eines Toten, der erstickt wurde. Der Mund war weit aufgerissen. Genauso sehen die Toten von Pompeji aus, die von der Lava überrascht und zugeschüttet wurden, dachte ich.

Herr Schubelik lag jedoch, im Gegensatz zu den Pompeji-Toten mit vollkommen ruhig ausgestrecktem Körper.

Ich sah mich weiter um.

Im nächsten Zimmer befand sich ein zweites Bett. Es schien benutzt worden zu sein; vielleicht wurde es aber lediglich nie aufgeräumt.

Harry berichtete: »Der Mann heißt Schubelik, sechzig Jahre. Bauarbeiter gewesen, wegen eines Unfalls zum Rentner geworden. Schwerer Alkoholiker. Er ist verheiratet. Aber seine Frau hat ihn verlassen. Sie ist irgendwo Kellnerin in einem Biergarten.

»Wer wohnt im zweiten Zimmer?« fragte ich.

»Die Tochter Schubeliks. Siebzehn Jahre alt. Sie ist Verkäuferin in einem Kaufhaus. Das Mädchen ist verschwunden.«

Grabert vernahm den Nachbarn, einen gewissen Kleinschmidt.

Der Mann gab sich sehr wichtig. Er stand gerade, mit gerecktem Kopf, durchtränkt von Würde. Ein Bürger, bei Gott, ein Bürger. Kleinschmidt ließ kein gutes Haar an Schubelik.

»Der Mann war ein Säufer. Der soff jeden Abend. Die ganze Siedlung hörte den Mann grölen. Wir, Herr Kommissar, meine Frau und ich, sind froh, daß der Mann tot ist.«

Mich ärgerte die Selbstgerechtigkeit dieses Mannes, und ich sagte: »Vielleicht haben Sie ihn umgebracht.«

Der Mann erstarrte, man sah wie er zu Stein wurde.

»Schon gut«, sagte ich, »schon gut.«

Ich sagte schon, daß ich jedesmal zu Beginn eines Falles von Nervosität befallen werde. Sie geht bis zur Unhöflichkeit. Meine Leute kennen das. Sie arbeiten, nehmen auf, tragen alles zusammen, während ich nahezu untätig herumstehe.

Harry kam und sagte: »Schubelik hat meistens in Gesellschaft getrunken. Aber gestern abend soll er allein nach Hause gekommen sein. Es wird ziemlich wichtig, Chef, zu wissen, wer da im zweiten Bett geschlafen hat.«

Kleinschmidt hörte, was Harry sagte und rief: »Na, die kleine Schubelik. Die wohnt doch hier!«

Im Hintergrund hatte die ganze Zeit schon ein junger Mann gestanden, das war Arnim Kleinschmidt, der Sohn dieses Mannes. Der junge Mann kam jetzt heran und fuhr seinen Vater an: »Wie kannst du das sagen? Die Inge wohnt doch längst nicht mehr hier. Nur ab und zu. Sie hat ein Zimmer in der Stadt. Bei dem Alten hat's doch keiner ausgehalten.«

Ich sah, wie heftig der junge Mann sprach. Ich dachte, der junge Mann engagiert sich. Warum? Was für ein Interesse hat er daran? Er fuhr seinen Vater an: »Der kommt nie allein nach Hause. Schubelik hat sie immer mit nach Hause gebracht. Leute, mit denen er zusammen säuft. Vielleicht hat von denen einer das Bett benutzt.«

»Das kann natürlich sein«, gab Kleinschmidt zu.

»Die kleine Schubelik kommt jedenfalls dafür nicht in Frage«, sagte Arnim Kleinschmidt noch einmal, ging hinter die Hütte und holte sein Fahrrad.

Ich dachte, der Junge ist ganz interessant. Ich spürte die Leidenschaft, zu der er fähig war. Ich hielt ihn noch einmal an.

»Was ist denn das für ein Mädchen, die kleine Schubelik?« fragte ich ihn.

»Wieso, wieso?« murmelte Arnim. »Soll ich sie beschreiben?«

»Ja«, sagte ich, »beschreiben Sie sie doch mal.«

Der junge Mann starrte mich an. Es war eine merkwürdige Situation.

Im Hintergrund war der ganze aufgeregte Betrieb, den ein Mordfall immer mit sich bringt. Und hier, im dürren Gras eines verwahrlosten Gartens, stand ein junger Mann und suchte nach Worten.

»Ein sehr junges, ein sehr hübsches Mädchen. Sie ist schlank und blond.« Der junge Mann zögerte, er war ernsthaft daran interessiert, mir eine richtige Beschreibung zu geben. »Sie läßt sich viel gefallen, sie sagt nicht viel. Sie streitet nicht, wissen Sie. Ich habe niemals gehört, daß sie mit ihrem Vater gestritten hat. Der hat sie geschlagen, getreten, geohrfeigt, aber sie hat sich niemals gewehrt, niemals.«

Der junge Mann sah mich an. Er war am Rande seiner Fassung. Er sagte: »Kann ich jetzt gehen?«

Er schob sein Fahrrad auf den Weg zwischen den Siedlungshäusern. Er ging mit eingezogenen Schultern.

Ich sagte: »Harry, komm, los, wir fahren dem Jungen da nach.«

Harry sah mich verblüfft an.

»Was ist denn mit dem Jungen? Wohin fährt er?«

Ich sagte: »Ich nehme an, er fährt geradenwegs zur kleinen Schubelik.«

Harry fuhr mich hin.

Wir folgten dem Radfahrer durch eine ganze Reihe von Straßen, bis er mitten in Sendling vor einem Mietshaus anhielt.

Er stellte sein Rad ab, verschwand im Treppenhaus.

Wir folgten ihm vorsichtig die Treppe hinauf.

Und standen schließlich vor einer halb offenen Etagentür, die uns gestattete, einen Blick in den langen Flur zu werfen.

Harry drückte die Tür langsam ganz auf.

Es war eine Großwohnung, die irgend jemand offensichtlich an Gastarbeiter vermietet hatte. Der Flur war vollgestellt mit Möbeln, Kisten, Pappkartons. Kinder spielten mit beträchtlichem Lärm. Die Türen zu den einzelnen Zimmern standen offen; Frauen blickten uns an, als wir nun den Gang hinuntergingen.

Harry sah in ein Zimmer hinein. »Hier, Chef«, sagte er.

Wieder drückte er die Tür auf, wir sahen in das Zimmer

hinein. Arnim stand dort und sprach auf ein junges Mädchen ein, das offenbar auf einer Matratze gelegen hatte. Das Mädchen war blutjung, sehr hübsch. Wir kamen herein. Arnim Kleinschmidt starrte uns an.

»Sie sind mir nachgefahren?« fragte er und war plötzlich ganz atemlos.

»Ja«, sagte ich und sah das junge Mädchen an, »und das ist die kleine Schubelik?«

Das Mädchen stand auf. Ein kleines, blasses Gesicht. In den Augen Hilflosigkeit, Demut, Angst. Himmel, dachte ich, dieses Mädchen zeigt alle Formen der Einschüchterung, die denkbar sind. Ich sah sie, und sie tat mir leid. Dies war mein erstes Gefühl beim Anblick der kleinen Schubelik.

Arnim Kleinschmidt sprach gleich los, etwas hastig, er stand unter einem merkwürdigen Zwang: »Ich erzähle ihr gerade, was passiert ist. Sie ist ganz entsetzt, ganz erschrocken. Sie fragt, wer das wohl getan haben könnte.«

»Weiß sie es nicht?« fragte Harry nüchtern.

»Woher soll sie das wissen?« gab Arnim fast wütend-aufgeregt zurück.

»Sie sehen doch, wo sie übernachtet hat, hier.«

»Haben Sie hier übernachtet?« fragte Harry das Mädchen direkt. Sie sah ihn mit etwas stumpfen Augen an.

»Na, sag es ihm«, sagte Arnim und – zu mir gewandt – setzte er hinzu: »Sie ist nicht ganz bei sich. Sie hat doch gerade erst erfahren, was geschehen ist.«

Ich sah mich um. Die Einrichtung des Zimmers war ziemlich armselig. Sagen wir so: Sie spielte keine Rolle. Niemand legte Wert darauf. Die Matratze lag auf dem Boden. Kisten dienten als Tisch. Ein paar wacklige Stühle schienen von einem Schuttplatz zu stammen. An einem Nagel an der Wand hing ein sauber gebürsteter dunkler Anzug. Darunter standen Schuhe, die nahezu blinkten, so sauber waren sie geputzt.

»Wem gehört das Zimmer?« fragte ich.

Wieder antwortete Arnim für sie: »Einem gewissen Krivacs. Er ist Jugoslawe. Er ist ein Arbeitskollege von Inge. Er arbeitet in der Packerei des gleichen Kaufhauses.«

»Sie wohnt hier zusammen mit ihm?« fragte Harry etwas ungläubig.

»Der Mann ist fünfzig Jahre alt«, fuhr ihn Arnim an. »Er läßt sie hier schlafen. Darf er das nicht?«

»In Ordnung«, beruhigte ich, »in Ordnung«, und sah das Mädchen an. Sie wirkte klein und etwas verloren. Der eigentliche Eindruck war Hilflosigkeit. Natürlich mußte ich sie vernehmen. Ich stellte ihr ein paar Fragen: War sie zu Hause gewesen? Hatte sie die Nacht hier verbracht? Wie war ihr Verhältnis zu ihrem Vater? Wer könnte im zweiten Bett geschlafen haben?

Das Mädchen beantwortete alle Fragen langsam und leise, manchmal war sie kaum zu verstehen. Und immer wieder mischte sich Arnim Kleinschmidt ein. Er war intelligent, er durchschaute die Fragen schneller als sie. Harry sah mich ärgerlich an, als wollte er sagen: Wollen wir den Mann nicht endlich aus dem Zimmer schicken? Aber ich fand es ganz interessant, daß er da war. Ich fand ihn fast interessanter als die kleine Schubelik selbst.

Wir gingen schließlich, ließen die kleine Schubelik und Arnim Kleinschmidt zurück.

»Chef«, gab Harry zu bedenken, »das Ganze war doch eine

abgekartete Sache. Das Mädchen weiß längst Bescheid. Da bin ich ganz sicher.«

»Kann sein«, sagte ich.

Wir gingen ins Kaufhaus hinüber und ließen uns den Jugoslawen Krivacs bringen.

Krivacs kam herein, blieb stehen und sah uns beide schweigend an. Der Mann war mittelgroß, etwa fünfzig oder älter, er hatte ein braunes, gefurchtes Gesicht, noch dunkle Haare. Seine Augen waren freundlich, wenn auch sein Blick jetzt etwas verhangen wirkte.

Harry sagte Krivacs sofort, was passiert war. Schubelik sei in der Nacht mit einem Kissen erstickt worden.

Krivacs rührte sich nicht, stand mit hängenden Armen, gesenkten Schultern, aufmerksam, leise.

»Was sagen Sie dazu?« fragte Harry.

Und Krivacs sagte leise: »Gott sei seiner Seele gnädig.«

Ja, gab er dann zu, er kenne den Mann. Er kenne die Tochter Schubeliks. Er hob den Blick, sah mich voll an und sagte: »Sie wohnt ab und zu in meinem Zimmer. Ich lasse sie dort schlafen. Immer freitags, wenn ihr Vater Geld bekommt, sich betrinkt und seine Tochter schlägt.«

Der Mann wirkte plötzlich völlig furchtlos.

»So«, sagte Harry, der sich mehr an die Tatsachen hielt, »das Mädchen schläft also bei Ihnen?«

»Nein, nein«, gab Krivacs zurück, »ich stelle ihr mein Zimmer zur Verfügung«, gab Krivacs zurück.

»Sie selbst –«, wollte Harry es genau wissen, »schlafen nicht in dem Zimmer?«

»Nein, nein«, sagte Krivacs, »in diesen Nächten gehe ich herum. Ich gehe zum Bahnhof, und wenn ich schlafe, schlafe ich bei Freunden, damit Inge ungestört in meinem Zimmer ist.«

Harry drehte sich zu mir um, als wollte er sagen: Sie bemerken doch hoffentlich, Chef, daß der Mann lügt.

Natürlich wußte ich, daß Krivacs log. Er schlief in einem Zimmer mit Inge Schubelik zusammen, mit einem siebzehnjährigen Mädchen. Die Frage war, was für ein Verhältnis zwischen diesen beiden so völlig ungleichen Menschen bestand.

Na, wir würden es schon erfahren. Harry stellte dem Mann eine Menge Fragen. Aber es kam nicht viel dabei heraus. Krivacs behauptete mit großer Festigkeit, daß Inge Schubelik gestern abend gegen elf bei ihm erschienen sei. Er habe sie dort schlafen lassen. Und er selbst sei – wie er sich ausdrückte – »herumgewandert«.

Wir verließen das Kaufhaus. Harry ärgerte sich ein wenig.

»Chef«, sagte er, »ich habe den Eindruck, Sie lassen mich etwas im Stich. Sie haben mich fragen und fragen lassen, und selbst haben Sie gar nichts gesagt.«

»Harry«, sagte ich, »ich hatte nichts zu sagen. Ich habe mir den Mann angeschaut.«

»Na, der ist doch ein Lügner. Der verbirgt doch etwas.«

»Ja«, sagte ich, »er verbirgt seine tiefe Zuneigung zu der kleinen Schubelik.«

»Schläft sie mit ihm?« wollte Harry wissen und sah mich an.

»Ich glaube nicht«, sagte ich, »es gibt viele andere Möglichkeiten, Zuneigung auszudrücken.«

Harry sah mich etwas skeptisch an.

Inzwischen hatten Grabert und Heines die Untersuchung in der Siedlung »Fröhlicher Abend« vorangebracht. Sie hatten zwei Leute ausfindig gemacht, die mit Schubelik in einer nahe gelegenen Kneipe gesoffen hatten und möglicherweise mit ihm nach Hause gegangen waren. Es handelte sich um einen gewissen Klenze und einen gewissen Pölich.

Grabert erzählte mir: »Chef, das glauben Sie nicht, was das für Leute sind. Erst der Klenze. Ein Kerl, ein wahrer Muskelprotz, blond, faul, brutal. Ein Mann mit einem ganz schlechten Ruf. Er wohnt auch in der Siedlung, nur am anderen Ende. Er ist verheiratet, seine Frau ist stumm und still, der gehorsame Typ, der nichts zu sagen wagt. Die Frau hinkt, ich nehme an, der Kerl hat seine Frau einmal so geschlagen, daß sie sich das Bein gebrochen hat.«

»Was erzählt dieser Mann vom gestrigen Abend?« fragte ich.

»Nichts, Chef«, berichtete Grabert, »er habe in der Kneipe mit Schubelik gesoffen und der sei dann nach Hause gegangen. Er selbst, Klenze, sei auch nach Hause gegangen und habe sich schlafen gelegt.«

Heines berichtete: »Ich habe mir den anderen Mann angesehen, Pölich. Ein Schreiner. Der scheint kein ganz so brutaler Typ wie Klenze zu sein. Er sah jetzt noch fürchterlich versoffen aus und gab an, sich an nichts mehr erinnern zu können. Nein, bei Schubelik, sei er nicht gewesen. Er sei wie tot in sein eigenes Bett gefallen.«

Das war also der Tatbestand.

Ein Mann, total betrunken, wird aufgefunden, erstickt mit einem Kissen. Keine Beschädigung an Fenster und Türen. Aber die Tür war auch nicht abgeschlossen gewesen. Gläser und Flaschen wiesen auf ein Gelage hin. Ein zweites Bett war beschmutzt, es hatte dort jemand geschlafen. Die Tochter Schubeliks gab an, bei einem Jugoslawen in der Stadt übernachtet zu haben. Die Saufkumpane Schubeliks wollten beschwören, nicht in der Wohnung gewesen zu sein.

Klenze hatte gesagt: »Der hat sich vielleicht noch andere Leute eingeladen. Der Mann holte sich doch jeden von der Straße, ob er ihn kannte oder nicht.«

Ich sagte: »Ehe wir überlegen, was wir jetzt weiter tun, müssen wir noch mit der letzten Person sprechen, die in diesem Fall vielleicht eine Rolle spielen könnte, mit der Mutter der kleinen Schubelik.

Ich fuhr mit Grabert und Heines in das Bierlokal, in dem Frau Schubelik arbeiten sollte.

Eine Kellnerin zeigte uns ihre Kollegin.

Frau Schubelik wandte sich um und sah uns an.

Sie war eine kräftige Person, blond, etwa fünfundvierzig Jahre alt. Sie hatte einen nüchtern abschätzenden Blick. Das war keine verträumte Frau: Sie kannte das Leben und hatte nicht die geringsten Illusionen mehr.

Sie kam heran, sah mich an: »Polizei?«

»Ja«, sagte ich, und entschloß mich, ihr die volle Wahrheit zu sagen: »Es tut mir leid, Frau Schubelik, Ihr Mann ist tot.«

Sie bewegte sich kaum. Die harten, nüchtern blickenden Augen waren voll auf mich gerichtet. »Alkoholvergiftung?« fragte sie kühl. »Er ist sicher an Alkoholvergiftung gestorben.«

Sie brachte nicht das geringste Mitgefühl auf. Es schien, als würde von einem völlig fremden Menschen gesprochen.

»Nein«, sagte Grabert, »Ihr Mann wurde ermordet.«

Nicht einmal das brachte Frau Schubelik aus dem Gleichgewicht. Sie hob die Schultern: »Wissen Sie«, sagte sie, »ich habe immer damit gerechnet, daß dieser Mann nicht auf normale Weise stirbt, so oder so. Was ist passiert?«

Wir erzählten ihr, was sich ereignet hatte. Frau Schubelik stand die ganze Zeit vor uns, blond, mit hartem Gesicht. Da schwankte nichts, nicht das Herz, nicht die Stimme, nicht die Hand.

»Wissen Sie«, fragte ich, »daß Ihre Tochter ab und zu bei einem Jugoslawen übernachtet?«

Sie blieb auch jetzt ungerührt, hob die Schultern: »Ja, kann sein. Ich habe mal so was gehört.«

»So was gehört!« empörte sich Heines. »Hat Sie nicht interessiert, was Ihre Tochter macht?«

Die Frau sah Heines fast mit Ironie an: »Hören Sie«, sagte sie, »fangen Sie um Himmelswillen nicht an, bei mir nach Zeichen von Trauer zu suchen. Ich empfinde sie nicht. Nicht eine Spur davon. Ich empfinde etwas ganz anderes: Große Erleichterung empfinde ich, daß dieser Mann tot ist, niemanden mehr quälen kann. Ich werde Ihnen nicht erzählen, wie dieser Mensch mich gequält hat. Vor einem Jahr bin ich weg, arbeite hier und wohne hier im Haus unter dem Dach in einem sehr hübschen, sehr ruhigen Zimmer. Und seitdem lebe ich wieder.«

»Wir sprechen von Ihrer Tochter«, beharrte Grabert.

»Ich konnte sie nicht mitnehmen«, sagte Frau Schubelik, »ich habe ihr gesagt: suche dir einen Platz, wo du hingehen kannst. Wenigstens freitags. Und das hat sie getan.«

Sie sah uns an: »Noch etwas?«

»Nein«, sagte ich, »vorerst nicht.«

Sie wandte sich wortlos ab und ging zur Theke hinüber, um sich erneut mit Biergläsern zu beladen.

Wir gingen hinaus und waren etwas deprimiert. Wenigstens ich war es.

»Die hat Haare auf den Zähnen«, sagte Heines, »du liebe Zeit. Mit der möchte ich keinen Krach haben.«

Ich war deprimiert, weil alles, was die Frau gesagt hatte, echt klang. Ich wußte, was in manchen Ehen los war; ich kannte das Los vieler Frauen, deren Ehe eine Hölle ist. Sie verlieren alles, Gefühl, Herzlichkeit, Höflichkeit; ihr Seelenleben versteinert gleichsam. In dieser Situation befand sich Frau Schubelik.

Wir fuhren ins Büro und besprachen den Fall.

Grabert ging auf und ab. »Chef«, sagte er, »ich denke, es geht kein Weg daran vorbei: Die kleine Schubelik war es.«

Wir zählten alles auf, was gegen sie sprach.

Sie hatte offensichtlich im zweiten Bett geschlafen. Krivacs hatte gelogen. Er wollte dem Mädchen helfen, ihr zu einem Alibi verhelfen. Schubelik war betrunken nach Hause gekommen. Er hatte die Tochter wahrscheinlich geschlagen, gequält, sie mißhandelt, eine Sache, die öfter vorgekommen war. Die kleine Schubelik hatte dann dem Betrunkenen, nachdem er endlich in Schlaf gefallen war, das Kissen auf das Gesicht gedrückt, den Mann, diesen entsetzlichen Mann getötet.

Das war eine Theorie.

»Chef«, sagte Grabert, »wenn wir das Mädchen richtig verhören, hält sie das nicht lange durch.«

Ich sah die kleine Schubelik vor mir.

Nein, sie würde es nicht lange durchhalten. Inge Schubelik war ein Kind. Eins von den jungen Mädchen, die wie Erwachsene aussehen und doch Kinder sind. Man hatte das Gefühl: Dieses Kind will an die Hand genommen werden. Sie wartet darauf. Sie nimmt jede Hand, die man ihr entgegenstreckt.

War das die Rolle des Jugoslawen?

Harry hatte mit der Schulter gezuckt. »Chef«, sagte er, »ich habe manchmal das Gefühl, daß Sie ein Romantiker sind. Sie suchen irgendwelche psychologischen Hintergründe, aber ich sage Ihnen: Alles ist Sex. Die beiden leben zusammen, und das heißt, sie schlafen auch zusammen.«

Das war Harrys Ansicht, ich wollte sie ihm nicht nehmen.

Wir fuhren sofort los, um uns die Saufkumpane Schubeliks noch einmal vorzunehmen.

»Ich bin ganz sicher«, sagte Grabert, »daß Klenze und Pölich gestern abend bei Schubelik waren. Sie haben dort weitergesoffen. Kann sein, daß einer von beiden der Mörder ist.«

Wir erschienen wieder in der Siedlung.

Das Mordhaus war ein Anziehungspunkt für Neugierige geworden. Sie standen auf der Straße und starrten gegen die Fensterscheiben des Hauses.

Ich sah den jungen Kleinschmidt im Garten stehen. Er sah zu mir herüber, hatte den Kopf erhoben und wirkte wie ein erschrecktes Wild: wachsam auf der Lauer.

Wir fuhren vorbei, zu Klenze, aber ich behielt den Eindruck im Gedächtnis: Warum steht dieser Junge da und sieht uns an? Selbst im Vorbeifahren hatte ich seine Aufregung gespürt.

Klenze war überrascht, beunruhigt, daß wir noch mal kamen.

»Was ist denn? Ist die Sache nicht erledigt?« fragte er.

Grabert antwortete: »Nein, die Sache ist erst erledigt, wenn wir den Mörder haben.« Er machte aus seiner Abneigung gegenüber Klenze kein Hehl.

»Na, haben Sie denn den noch nicht?« fragte Klenze.

Die Beschreibung, die man mir von Klenze gegeben hatte, stimmte. Der Mann war ungeheuer stark, ein Mann mit glattem, festem Fleisch. Blaue, etwas wäßrige Augen. Die Stirn niedrig, breit. Geringe Intelligenz, aber der Mann besaß zugleich die Frechheit der Ignoranz.

»Wir sind der Meinung«, sagte Grabert, »daß Sie gestern abend noch bei Schubelik waren.«

»So, sind Sie«, sagte Klenze und hob die Schultern, als wolle er sagen: na schön, beweisen Sie mir das mal.

Im Hintergrund stand Frau Klenze, sah herüber, stumm, wortlos, als habe sie keine Stimme. Ganz gewiß war sie keine Persönlichkeit. Sie hatte die Demut, die Willenlosigkeit eines Sklaven. Als sie meinen Blick bemerkte, wandte sie sich sofort ab.

Grabert und Heines überschütteten Klenze mit Fragen. Aber der wich allen Fallen aus, nicht weil er sie als solche erkannte, sondern weil seine mangelnde Intelligenz ihm nur einen Ausweg erlaubte: Er schüttelte ständig den Kopf, grinste und sagte: »Nee, also bei Schubelik war ich nicht.«

»Gut«, sagte Grabert, »dann gehen wir mal 'rüber zu Ihrem Freund Pölich. Vielleicht sagt uns der, wo Sie beide gestern abend noch waren.«

»Da komme ich mit«, sagte Klenze schnell.

Grabert sah den Mann an und grinste nun seinerseits: »Na gut, kommen Sie mit. Ich habe nichts dagegen.«

Mir war längst klar, daß Klenze und Pölich bei Schubelik gewesen waren. Ich ließ Grabert und Heines mit Klenze hinausgehen und wandte mich an Frau Klenze.

Sie starrte mich an. Ich sah ihre Angst. Ihr Atem ging kürzer.

»Sie haben Angst, Frau Klenze«, sagte ich. »Warum?«

Sie antwortete nicht.

»Ich kann Ihnen nichts sagen«, sagte sie hastig, »wenn Sie

mich etwas fragen wollen, ich weiß wirklich gar nichts.«

Sie warf einen Blick zum Fenster hin. Man konnte sehen wie Grabert und Heines mit Klenze davongingen.

Sie zog das Bein nach.

Ich sagte: »Frau Klenze, ich weiß, Ihr Mann schlägt Sie!«

»Was, was?« sagte sie aufgeregt, sah mich an und schüttelte sofort den Kopf. »Nein, nein«, beteuerte sie, »er schlägt mich nicht. Wie kommen Sie darauf?«

»Er schlägt Sie, er quält Sie. Ich sehe es. Sie müssen mir es nicht bestätigen. Ich will Ihnen nur sagen, daß ich es weiß und daß ich Ihre Situation kenne. Sie wissen, daß Ihr Mann gestern abend noch bei Schubelik war. Vielleicht wissen Sie sogar, wer Schubeliks Mörder ist.«

Die Frau blieb stehen, wie zur Salzsäule erstarrt. Sie konnte kaum atmen. Sie öffnete den Mund wie ein Fisch, der auf dem Trockenen saß.

»Nein, nein«, sagte sie.

»Frau Klenze«, sagte ich, »ich will Sie nicht hereinlegen. Ich könnte Sie mitnehmen, könnte Sie verhören. Glauben Sie mir, ich brächte es aus Ihnen heraus. Sie haben gar nicht die Kraft, ein Verhör durchzustehen.«

Sie starrte mich an, weiß wie die Wand.

Ich sagte: »Aber ich will Ihre Schwäche nicht ausnutzen. Auch nicht Ihre Angst. Sie befinden sich in tiefer Abhängigkeit von Ihrem Mann. Vielleicht gelingt es Ihnen, sich daraus zu befreien.«

Ich redete und fand mich ziemlich sonderbar. Himmel, dachte ich, du bist Kriminalkommissar und redest wie ein Pastor. Irgendwie lag mir der ganze Fall nicht. Meine Phantasie war zu sehr im Spiel, und ich sah andauernd Menschen, die mir leid taten. Gott sei Dank waren Grabert und Heines nicht da und hatten nicht gehört, was ich Frau Klenze erzählte. Aber die Frau sah mich an, hatte den Kopf etwas gehoben; ein sonderbarer Ausdruck irritierte mich plötzlich. Die verschlafenen, traurigen, stumpfen Augen leuchteten eine Sekunde lang auf.

Dann wandte sich die Frau ab, wartete mit hängenden Schultern, hielt den Kopf gesenkt.

Ich ging hinaus. Phantasie ist für einen Kriminalisten etwas, das zu seinem Handwerkszeug gehört. Wer keine Phantasie hat, wird niemals ein guter Kriminalist sein. Er muß die Fähigkeit besitzen, sich in die Denkweisen und Gefühlslagen anderer Menschen zu versetzen. Ich konnte es.

Ich konnte es manchmal zu gut und fühlte mich jetzt, in diesem Augenblick, hin und hergerissen zwischen drei Personen, ja, es waren genau drei Personen, die mich faszinierten, meine Phantasie in Gang setzten: Die kleine Schubelik, Arnim Kleinschmidt, der Nachbarssohn, und diese Frau in der armseligen Wohnlaube, die einem versoffenen, brutalen Mann gehörte.

Ich hatte mir nicht sagen lassen, wo Pölich wohnte, irrte infolgedessen in den Siedlungsstraßen herum und machte mir Vorwürfe: Gehst du hier eigentlich spazieren?

Das ist der Augenblick, in dem ich mich dann gern auf meine Leute verlasse und mich freue, wie gut sie funktionieren.

Ich sah plötzlich von weitem Heines. Er stand da, als suche er mich. Er winkte, kam heran, lachte schon von weitem: Wir haben es, Chef. Der Pölich hat gestanden, daß er mit Klenze noch bei Schubelik war.

Die Wohnlaube Pölichs sah wie eine Berghütte aus. Sie war holzgetäfelt. Kein Wunder, denn Pölich war Schreiner und hatte sich alles selbst eingerichtet. Pölich stand aufgeregt im

Zimmer, während Grabert den Klenze zurückhielt, der Pölich anschrie: »Bist du verrückt? Wie kannst du das sagen? Nimm es zurück! Du kannst so eine Aussage zurückziehen. Das hört man immer wieder. Laß dich nicht verrückt machen.«

Man sah es Pölich an: Auch dieser Mann hatte Angst. Hatte alle Welt Angst vor Klenze?

Grabert brachte Klenze hinaus, der sich noch im Hinausgehen umwandte und Pölich anschrie: »Laß dich nicht 'reinlegen, Pölich.«

Aber Pölich brach zusammen und erzählte alles. »Halten Sie mir nur den Klenze vom Leib«, sagte er, »der schlägt mich tot.«

Und dann erzählte er.

Sie seien ziemlich in Fahrt gewesen. Schubelik habe Runde um Runde geschmissen. Schon in der Kneipe seien Schubelik und Klenze völlig betrunken gewesen. Und da habe Klenze von Inge Schubelik gesprochen.

Er hatte gesagt: »Menschenskind, Schubelik, die Inge hat sich fabelhaft gemacht. Die habe ich gestern gesehen. Das ist ja kein Kind mehr. Ich hab' immer gedacht, das ist noch ein Kind. Aber das ist sie nicht mehr. Das ist eine Frau, Schubelik.«

Und dann hatten sie geredet, und der besoffene Schubelik war stolz gewesen, geschmeichelt. Ja, hatte Schubelik gesagt, die Inge hat eine Figur, da schmeißt du deine Frau weg.

Und sie hatten über Inges Figur gesprochen, ein besoffener Vater und Klenze, der immer aufgeregter wurde: »Mensch, Schubelik«, hatte er gesagt, »die ist doch siebzehn. Hat denn die noch nicht –?« Er ließ keinen Zweifel, was er meinte. »Mensch, mit siebzehn wird es aber höchste Zeit!«

Und Schubelik hatte gesagt: »Die Inge, daß weiß ich nicht.

Die zieht seit einiger Zeit mit 'nem Jugoslawen 'rum.«

Das hatte Klenze auf die Palme gebracht: »Was?« hatte er gesagt. »Mit so einem zieht sie 'rum? Schläft mit dem?«

Auch Schubelik hatte sich plötzlich erbittert: »Ich weiß ja nicht«, hatte er gesagt. »Glaubst du, die erzählt mir was?«

Jedenfalls hatte Klenze plötzlich ein Angebot gemacht: »Schubelik«, hatte er gesagt,« jetzt gehen wir nach Hause. Ich nehm' mir die Inge mal vor. Wenn sie's mit 'nem Jugoslawen tut, dann kann sie es auch mit mir.«

Dann waren die drei Männer, völlig betrunken, aufgeregt, zu Schubelik nach Hause gezogen.

Pölich sah von einem zum anderen. Seine Haut war plötzlich trocken wie Papier. Seine Stimme klang rauh, stockte. Er fuhr mit den Händen in seinem Gesicht herum.

Er sagte: »Die Inge mußte aufstehen. Die war ganz verstört, hatte Angst. Schubelik hatte gefragt: ›Was ist mit dem Jugoslawen? Was machste mit dem?‹ Und Klenze sagte: ›Was du mit dem machst, kannst du auch mit mir machen.‹«

Pölich schluckte, man sah, wie ihm die Knie zitterten: »Da bin ich weg. Das konnte ich nicht mehr mit ansehen. Da bin ich 'rausgelaufen.«

Grabert und Heines sahen mich an. Ich merkte, sie fühlten sich wie Leute, die kurz vor der Aufdeckung stehen, begeistert, aufgeregt. Aber wie sie auch fragten und nicht locker ließen, Pölich sagte immer wieder dasselbe: »Ich bin weg wie der Teufel. Sie müssen mir das glauben. Ich weiß nicht, ob der Klenze was mit Inge gemacht hat. Ich weiß nicht, was passiert ist und warum der Schubelik morgens plötzlich tot da liegt. Ich bin weg. Und daß ich weg bin, kann die Frau Klenze bezeugen. Zu der bin ich nämlich hingegangen, hab gesagt: Dein Mann ist besoffen und macht was mit der kleinen Schubelik.«

Ich horchte auf. Jetzt läutete bei mir die kleine Glocke.

»Was hat die Frau Klenze gesagt?« fragte ich.

»Gesagt, gesagt? Nichts hat sie gesagt. Zu sagen hat die nichts, aber sie kann bezeugen, daß ich da war.«

Dennoch waren wir ein ganzes Stück weitergekommen. Inge Schubelik war im Haus ihres Vaters gewesen. Sie hatte im zweiten Bett geschlafen. Inge Schubelik hatte also nicht die Wahrheit gesagt. Der Jugoslawe hatte ebenfalls nicht die Wahrheit gesagt.

»Folgende Möglichkeiten, Chef«, sagte Heines. »Der Klenze hat das Mädchen mißbrauchen wollen. Der Schubelik ist zur Vernunft gekommen, hat den Klenze hindern wollen, ist von Klenze mit einem Kissen erstickt worden.«

»Das hätte der nicht gebraucht«, warf Grabert ein.

»Zweitens«, fuhr Heines fort, »der Klenze hat das Mädchen mißbraucht, der Klenze ist weg, Schubelik hat sich zum Schlafen hingelegt, das Mädchen hat ihren Vater umgebracht.«

»Hm«, sagte Grabert.

»Drittens«, sagte Heines, »die Inge Schubelik ist weggelaufen, hat ihren Freund, den Jugoslawen aufgesucht. Der ist gekommen, hat den Schubelik umgebracht.«

Jetzt sagte ich: »Hm«. Also Phantasie hatten meine Leute. Wir verhörten noch mal Klenze.

Klenze mußte die Geschichte Pölichs bestätigen. Es blieb ihm keine Wahl.

Der Mann starrte uns an. »Ja, und – « sagte er. »Es ist nichts passiert. Das Mädchen wollte nicht, da bin ich gegangen. Ich habe gesagt: Guten Abend allerseits, und bin nach Hause gegangen. Und alle haben sich wieder schlafen gelegt.«

Dabei blieb Klenze, obwohl Grabert und Heines ihn stundenlang verhörten.

Ich ging zum Haus Schubeliks hinüber.

Wieder erschien Arnim Kleinschmidt im Garten, sah zu mir herüber.

»Tja«, sagte ich, »nun müssen wir doch noch mal miteinander sprechen.«

»Ja?« sagte der junge Mann aufmerksam.

Ich fand, er verfügte über beträchtliche Kaltblütigkeit. Und er zeigte sie jetzt.

»Wir haben herausbekommen, daß Klenze und Pölich gestern abend bei Schubelik waren!«

»Aber das sage ich doch die ganze Zeit«, sagte Arnim.

»Ja«, erwiderte ich, »aber Sie haben mir nicht gesagt, daß Sie Klenze und Pölich gehört und gesehen haben.«

»Was, was«, sagte Arnim, starrte mich an, überlegte, zog es aber vor zu schweigen.

»Ich werde Ihnen auch sagen, warum Sie diese wichtige Zeugenaussage nicht gemacht haben. Weil Sie dann nämlich auch hätten sagen müssen, daß Inge Schubelik gestern abend in diesem Haus war. Und das wollten Sie nicht. Meine Frage: Warum wollten Sie das nicht?«

Der junge Mann überlegte, und er ließ sich mit äußerster Kaltblütigkeit Zeit für diese Überlegung. Dann hob er schließlich die Schulter und murmelte: »Ich habe einfach Angst gehabt, Sie würden Inge für die Mörderin halten. Und sie ist es nicht.«

Ich lächelte. Der junge Mann gefiel mir, obwohl sein Kampf so aussichtslos war.

»Sie sagen, sie ist es nicht?«

»Nein, sie ist es nicht«, beteuerte er wieder, hob fast kampflustig den Kopf.

»Weil Sie wissen, wer es wirklich ist?« fragte ich langsam.

Für einen kleinen Augenblick war der junge Mann verwirrt, dann zog er sich in Schweigen zurück.

Er wußte, wer der Mörder war. Das war mein ganz sicheres Gefühl. In diesem Augenblick wußte ich, daß der Fall so gut wie gelöst war. Ich spürte festen Boden unter den Füßen.

Grabert und Heines hatten sich inzwischen die kleine Schubelik und ihren jugoslawischen Freund vorgenommen.

Grabert sagt später: »Die waren längst darauf vorbereitet. Die kleine Schubelik sagte: Ja, sie sei im Hause gewesen. Als Klenze zudringlich geworden sei, habe sie sich angezogen und das Haus verlassen. Sie sei zu Krivacs gegangen. Mehr könne sie nicht sagen.«

Grabert sagte: »– Chef, eher bringen Sie einen Stein zum Reden als dieses Mädchen.«

»Und der Jugoslawe?« fragte ich.

»Der war schlecht dran«, antwortete Grabert, »er hatte eine falsche Aussage gemacht. Er mußte um seine Arbeits- und Aufenthaltsgenehmigung fürchten. Aber, Chef, der Mann benahm sich großartig. Er sagte, ja, die Inge sei zu ihm gekommen, sie habe gesagt, ihr Vater sei wieder auf sie losgegangen. Da habe er ihr gesagt: Komm, leg dich hin, schlaf hier. Er sei dann morgens – stellen Sie sich vor, Chef – zu Schubelik gegangen, habe mit dem Mann sprechen wollen, da habe er – jetzt kommt es, Chef – Polizei gesehen, habe gehört, daß Schubelik tot sei. Erschrocken sei er nach Hause gegangen und habe mit Inge Schubelik gesprochen, daß er, wenn jemand ihn fragen werde, seine Aussage so halten wolle: Inge Schubelik sei schon abends um elf bei ihm erschienen.«

»Auch er«, sagte ich, »hat befürchtet, daß man Inge für die Mörderin halten würde.«

»Ja«, sagte Grabert. Grabert wirkte etwas ratlos. »Sind wir vielleicht in einer Sackgasse, Chef!«

»Nein«, sagte ich. »Wir haben alle Türen probiert. Alle waren zu. Wir haben noch eine Tür. Die muß jetzt offen sein.«

»Ich sehe keine Tür«, sagte Grabert, »wo sehen Sie noch eine Tür?«

»Komm mit«, sagte ich.

Wir gingen zu Frau Klenze.

Die Frau wandte ihr kalkweißes Gesicht zu uns. Sie war ohne Atem, hielt sich kaum auf den Beinen.

Grabert murmelte: »Chef, doch nicht Frau Klenze –«

»Frau Klenze«, sagte ich leise, »der Pölich ist gestern abend zu Ihnen gekommen, hat gesagt: ›Frau Klenze, Ihr Mann macht was mit der kleinen Schubelik!‹ Was haben Sie daraufhin unternommen?«

»Ich bin schlafen gegangen«, sagte Frau Klenze.

»Nein«, sagte ich und setzte hinzu, so leise ich konnte, denn ich wollte sie nicht mehr erschrecken als notwendig war: »Nein«, sagte ich, »Sie sind nicht schlafen gegangen. Sagen Sie, was Sie gemacht haben. Sie müssen es sagen.«

Frau Klenze sagte leise: »Ich habe Frau Schubelik angerufen. Ich habe ihr gesagt: Marta, sie machen was mit deiner Tochter.«

»Und was«, setzte ich fort, »hat Frau Schubelik geantwortet?«

Frau Klenze hob den Kopf. »Sie hat gesagt: Weißt du eigentlich wie spät es ist? Dann hat sie aufgelegt.«

Ich überlegte.

Grabert sah mich an, als wolle er sagen: Na, Chef, ist das jetzt Ihre offene Tür?

»Komm, Walter«, sagte ich. Wir fuhren zu Frau Schubelik.

Sie kam von der Theke herüber, trocknete sich die Hände ab, sah uns an, so kühl, so nüchtern wie immer.

»Noch etwas unklar?« fragte sie.

»Nein«, sagte ich, »jetzt ist nichts mehr unklar. Gestern Nacht haben Sie einen Anruf bekommen. Von Frau Klenze. Sie hat gesagt: ›Sie machen was mit deiner Tochter. Sie nehmen sich deine Tochter vor. Der Schubelik und Klenze. Und Klenze ist völlig betrunken, ein betrunkenes Vieh.‹«

Frau Schubelik sah von einem zum anderen, dann sagte sie mit größter Ruhe: »Was sollte ich machen, Herr Kommissar? Ich habe mir ein Taxi genommen. Ich bin hingefahren. Ich habe niemanden mehr gefunden. Den Klenze nicht. Auch meine Tochter nicht. Ich fand nur den betrunkenen Schubelik. Da habe ich das Kissen genommen und es ihm auf das Gesicht gehalten.«

Sie machte eine Pause, sah wieder von einem zum anderen: »Und als er tot war, habe ich mich selber gefragt: Kannst du weinen, Marta? Ich konnte nicht weinen. Es hat mich tief beruhigt, Herr Kommissar, daß es mir unmöglich war zu weinen.«

Der Moormörder

Spaziergänger hatten die Leiche gefunden. Sie hatten in einem Moorloch etwas entdeckt. Jemand sagte: »Sieht das nicht wie eine Hand aus?« Sie hatten dann Stöcke gesucht und es als einen aufregenden Sport betrieben, die unbekannte Leiche schließlich heraus und auf das feste Land zu ziehen. Es war die Leiche einer Frau.

Ich weiß, wie Leichen aussehen, wenn man sie nach Wochen oder nach Monaten aus Wasser- und Schlammlöchern zieht. Da ist nicht mehr viel übrig von dem, was einen Menschen zu einem Menschen macht, keine belebte Haut mehr, keine Wärme, keine Form. Die Auflösung ist im vollen Gang.

Ich finde es heute noch deprimierend, Tote zu sehen, die auf so schreckliche Weise vermissen lassen, worauf wir so großen Wert legen: auf die menschliche Würde, auf die jeder Lebende glaubt ein Recht zu haben, selbst und vor allen Dingen im Tode.

Mit Stangen und Haken wurde das traurige Bündel herausgezogen, lag allen Blicken preisgegeben, in denen mehr Neugier als Mitleid zu lesen war. Herrgott, was für eine Gegend! Sumpfland, Wasserlöcher, kaum Bäume, dichtes Gebüsch, wie Inseln verstreut. Ein paar Fußwege, die kaum jemand benutzte.

Grabert sagte: »Das ist ein trauriger Ort für ein Grab.«

Er hatte recht. Es liegt so nahe, sich selbst in die Rolle des

Toten zu versetzen. War man es nicht selbst? Hätte man nicht selbst das Opfer sein können? Das macht den eigentlichen Schauder aus, daß niemand diese Möglichkeit von der Hand weisen kann.

Ich rauchte. Wenn ich einen Toten sehe, rauche ich. Meine Leute wissen das. Wenn wir zu einer Tatortbesichtigung fahren und der Tote noch da liegt, dann sind alle besorgt, daß ich ja meine Zigaretten bei mir habe.

Ich stand also frierend vor dem Wasserloch, in dem die Tote gefunden worden war und dachte an nichts. An nichts Besonderes. Ich zwinge mich dazu, an nichts Besonderes zu denken. Nur aufnehmen, nur alles sehen, keine Beurteilung.

Ich sah also die Moorlandschaft und ihre Einsamkeit. Ich sah wolkigen Himmel, spürte den Wind und hörte die halblauten Rufe meiner Leute.

Harry fischte mit einer langen Stange im Wasserloch herum und holte tatsächlich eine Handtasche heraus. Sie hing schlammig am Haken. Was, dachte ich, der Mörder hat ihr die Handtasche gelassen?

Heines öffnete die Tasche. »Es ist alles drin,« sagte er, »ein Schlüssel, sogar Papiere. Sieht nach Ausweisen aus.«

Er behandelte die Tasche wie ein rohes Ei. Im Labor würde man versuchen müssen, die Schriften zu entziffern; es war kaum noch möglich.

Ich fühlte mich an jenem Tag nicht besonders wohl, und die unbekannte Leiche raubte mir den Rest von Gelassenheit.

Ich kann nichts dafür, ich erschrecke jedesmal vor dem Geheimnis. Ich habe Angst davor.

Was war da zu machen? Eine Leiche, die wochenlang in einem Moorloch gelegen hat, ein Nichts an Spuren, eine tote

Gegend, ein Wind, der einem die Seele aus dem Leibe bläst.
Wir werden nichts herauskriegen, das ist es, was ich jedesmal denke. Ein Mörder geht spazieren, und wir werden ihn nicht daran hindern können, spazieren zu gehen. Man begegnet ihm vielleicht auf der Straße, man sitzt vielleicht mit ihm zusammen in einem Café und weiß nicht, daß es der Mann ist, der einmal eine Frau in dieses Wasserloch geworfen hat, als wäre sie Abfall.

In einer Segeltuchbahre trugen sie die Tote aus der Sumpfgegend heraus.

Ein kleines Haus war zu sehen. Es fiel mir erst jetzt auf. Also wohnte doch jemand hier?

Grabert hatte geklingelt, geklopft, und ein Mann war zum Vorschein gekommen. Er stand da, trug eine Strickweste, hatte einen langen Schädel, einen dunklen, intensiven Blick. Der Mann hatte Format, das sah man sofort.

Grabert kam und sagte: »Das ist Doktor Strobel, ein Arzt. Er ist über das Wochenende hier in seinem Landhaus.« Na, Landhaus war zuviel gesagt. Ein rustikales Gebäude aus Holz mit kleinen Fenstern. Über den Gartenzaun weg sah man Rasen, Blumen und Bienenkörbe.

Ich sah mir den Mann an. Ich gebe viel auf erste Regungen. Ich konnte nicht sagen, daß mir der Mann nicht gefiel.

»Darf ich mal sehen, was Sie da gefunden haben«, sagte er und besah die Tote mit dem prüfenden Blick eines Arztes.

Es ist komisch, als Kommissar habe ich es ständig mit Gefühlen zu tun, dieser Mann offenbar nicht. Er wirkte kalt und sachlich.

»Schädelbruch«, sagte er und entschuldigte sich gleich: »Ich will dem Kollegen nicht vorgreifen, aber die Frau wurde erschlagen.«

»Wir werden es feststellen«, sagte ich. Ich fühlte, daß ich mich hüten mußte, meine Aversion zu zeigen. Die Tote ging diesen Mann nichts an, aber er hätte die Frau möglicherweise kennen können.

Doktor Strobel hatte sich schon abgewandt. »Unangenehm«, sagte er, »ein Mord kaum zweihundert Meter von meinem Haus entfernt. Es ist eine vollkommen ruhige Gegend. Die Spaziergänger meiden das Moor. Ich fühlte mich hier immer wie im Paradies.« Er lächelte schwach und fuhr fort: »Ein Toter beschäftigt die Phantasie.«

Ich wunderte mich. Ich traute ihm keine Phantasie zu. Nicht eine Phantasie, die ihm den Schlaf rauben würde.

Ich fragte ihn natürlich, was ich ihn fragen mußte, nämlich ob er irgendwas bemerkt, oder festgestellt habe. Er verneinte. Es gäbe noch ein Gasthaus, nicht weit von hier entfernt. Vielleicht könne ich dort etwas erfahren.

Der Mann verschwand wieder in seinem Haus, und der Gedanke, daß er sich wieder an ein Buch setzen würde, um weiter zu lesen, machte mich fast ärgerlich.

Ich weiß, daß ich manchmal ungerecht bin. Aber es ist ein Ergebnis der Unruhe, der tiefen Unruhe, solange das Geheimnis noch da ist und ich mich hilflos fühle.

Wir schauten uns das Gasthaus an.

Es sah nicht besonders aus. Ein viereckiger alter Kasten, rauchschwarz, mit Wänden, von denen der Putz abbröckelte, eine Veranda, ein vorspringender Erker. Das Holz brüchig, abblätternde Farbe, das Ganze umstellt von dicken, düsteren Bäumen, die mit ihrem Geäst das Haus überdachten wie mit einem Regenschirm.

»Ist das ein Ausflugslokal?« fragte Harry. Man sah Bierreklame. Ein Hund bellte.

Der Wirt kam heraus. Er hatte schon von der Toten gehört.

»Schöne Schweinerei«, sagte er verdrossen. »Da bemüht man sich, den Laden vorwärtszubringen, erzählt allen Leuten, wie gesund die Gegend sei, und da ziehen Sie 'ne Tote aus dem Wasser. Ist die wirklich erschlagen worden?«

Auch dieser Mann gefiel mir nicht. Er war jung, etwa dreißig Jahre alt, und hatte einen schnellen Blick. Es gibt Leute, die sehen drei Dinge gleichzeitig, und man sieht es ihnen an. So ein Typ war dieser Wirt. Ich weiß, es gibt Tage, an denen mir alle Leute unangenehm sind, die mir begegnen; möglicherweise liegt es an mir. So war ich zu dem Mann freundlicher, als ich es sein wollte, hörte mir sein Gerede von dem aufstrebenden Ausflugslokal an und sah mich um.

Ich erblickte eine junge Frau. Sie sah mich mit ruhigen Augen an.

»Meine Frau«, sagte der Wirt, »wollen Sie etwas trinken?«

»Ja«, sagte ich, »geben Sie mir ein Bier.« Der Wirt paßte in dieses Haus, die Frau nicht. Dazu war sie zu hübsch, zu jung, zu schlank. Sie ging zur Theke.

Ich mußte nur Harry ansehen. Der folgte ihr mit den Blicken. Harry reagiert immer ziemlich schnell auf hübsche Frauen. Nein, nicht auf hübsche Frauen, der Ausdruck ist falsch. Er reagiert auf Frauen, die aufgeregt sind. Er spürte einfach, was die Frau ausstrahlte.

Ich fragte ihn nachher: »Was ist mit der Frau, Harry?«

»Ich weiß nicht, Chef«, sagte er, »sie telegrafiert andauernd.«
Ich fand, er hatte es ganz gut ausgedrückt. Ja, sie telegrafierte nach allen Seiten. »Es gibt Frauen, Chef«, sagte Harry, »da ist jede Leitung tot. Die hier ist immer am Apparat.«

Wir fragten natürlich auch den Wirt und seine Frau, ob ihnen irgend etwas aufgefallen sei. Ob vielleicht ein Gast nicht zurückgekommen sei. Aber alle Fragen wurden verneint.

Ich hatte nicht mehr erwartet.

Ich trank also mein Bier und rauchte, bis Heines kam und sagte: »Hier ist noch jemand im Haus, Chef. Eine alte Frau. Sie ist in der Küche.« Er hatte sie gleich mitgebracht. Eine ältere Frau von etwa sechzig Jahren. Sie kam herein und sah mich an; mir fielen sofort ihre Augen auf. Sie hatte wache Augen und bewegte den Kopf, als könne sie ihn nicht stillhalten.

»Gut, daß Sie mich fragen«, sagte diese Frau, »ich habe vor etwa acht Wochen abends gegen neun Uhr Schreie gehört. Eine Frau schrie.«

Ich wurde hellwach. »Schreie haben Sie gehört?«

»Ja, eine Frau schrie um ihr Leben.«

Der Wirt stand steif da, fast etwas ärgerlich. »Na, hören Sie mal, Steger, was Sie da gehört haben.«

»Habe ich Ihnen nicht gesagt: Da schreit eine Frau um ihr Leben?«

»Ja«, gab der Wirt zu, »die Steger sagte eines Abends mal so was, aber sie ist nicht ganz klar im Kopf.«

Da hatte er unrecht. Ich sah sofort, daß sie durchaus klar im Kopf war.

»Wann war das?« fragte ich.

Sie konnte sich erinnern. Es war im September. »Es war an

dem Abend«, sagte Frau Steger, »als Sie aus München zurückkamen. Ihre Schwiegermutter hatte Geburtstag.«

»Die hat am elften September Geburtstag«, sagte der Wirt.

»Dann war es am elften September«, sagte die alte Frau, »da schrie jemand gegen neun Uhr abends. Ich bin rausgegangen und habe es gehört. Bring' mich nicht um, ich bitte dich. Laß mich leben!«

Grabert starrte die alte Frau an und blickte fast hilflos zu mir herüber, als wolle er sagen: Na, die spinnt doch. »Sie wollen ganze Sätze verstanden haben?« fragte er ungläubig.

»Über fünfhundert Meter Entfernung?«, fragte auch der Wirt.

»Ja«, sagte die alte Frau, »der Wind stand auf das Haus zu.«

Ich wußte nicht, was ich glauben sollte, aber die Frau war mir sympathisch. Sie war keine Angestellte, sie bewohnte hier ein Zimmer für wenig Geld und half beim Bedienen und Kochen.

»Wissen Sie, Herr Kommissar«, sagte sie, »ich habe großes Mitleid mit der Frau, die irgend jemand ins Moor geworfen hat. Es muß jemand sein, den niemand vermißt.« Und sie setzte hinzu: »Mich würde auch niemand vermissen.« Dieser traurige Nachsatz hatte mich beeindruckt, und ich ertappte mich dabei, daß ich die ganze Zeit über, während wir zurück zum Büro fuhren, daran dachte.

»Wenn die Frau recht hat«, sagte Grabert, »dann wissen wir, daß der Mord am elften September geschah.«

Harry blätterte den Kalender zurück. »Ein Sonntag«, sagte er und setzte hinzu: »Ist Doktor Strobel nicht immer sonntags in seinem Haus? Der müßte es doch bestimmt gehört haben, wenn jemand geschrien hat.«

Doktor Strobel. Ich dachte wieder an diesen Mann. Ich sah ihn vor mir, groß, schlank, etwas gebeugt, den langen Schädel, den dunklen Blick, die starken Augenbrauen. Ich hatte den Klang seiner Stimme noch im Ohr, als er sagte: »Die Frau wurde erschlagen.«

Ich saß im Büro und wartete.

Auf den Obduktionsbefund. Auf den Laborbericht. »Chef«, sagte die Rehbein, »Sie fressen ja die Zigaretten.« Das wußte ich selbst. Aber niemand wußte, wie sehr ich mich selbst verachtete, weil ich nicht aufhören konnte zu rauchen.

Dann kam Heines, sah mich und lächelte: »Wir haben den Namen, Chef. Sie konnten ihn entziffern. Maria Kaiser. Sekretärin, wohnhaft in Solln.« Ich kann kaum beschreiben, wie mir zumute war. Es war ein Wunder geschehen. Das Bündel aufgedunsenes Fleisch hatte einen Namen bekommen. Wir hatten das Ende eines Fadens in der Hand. Das übrige war schnell getan. Grabert fuhr nach Solln, fand ein Apartmenthaus und suchte nach der Wohnung Maria Kaisers.

Aber die gab es nicht. Er erkundigte sich schließlich beim Hausmeister.

»Fräulein Kaiser«, sagte der, »ja, die hat mal hier gewohnt. Anfang September ist die weg, nach Kanada.«

Grabert starrte den Mann an: »Nach Kanada?«

»Ja, sie ist ausgewandert.«

Grabert kam zurück, berichtete mir und dann gingen wir sofort los und suchten die Firma auf, bei der Maria Kaiser gearbeitet hatte.

Eine junge, bildhübsche Sekretärin sah uns verwundert an. »Ja, Fräulein Kaiser hat hier gearbeitet, aber sie hat die Stellung aufgegeben. Sie ist ausgewandert.«

»Nach Kanada?« fragte Grabert.

»Ja, nach Kanada«, antwortete das junge Mädchen und sah uns neugierig an: »Was ist denn mit der Kaiser?«

»Die Reise ging nicht nach Kanada«, sagte Grabert, »sie ging ins Dachauer Moor. Sie ist tot.«

Das junge Mädchen war ziemlich erschrocken, aber ich sah in ihren Augen nicht viel Mitgefühl. Junge Mädchen bringen kein Mitgefühl auf, wenn es sich um den Tod handelt. Er ist zu weit weg. Nur ein leichter Schauder berührt sie.

Man hatte noch ein Foto von der Kaiser. Sie hatte ihren Firmenausweis zurückgegeben, und ich sah endlich die Frau, wie sie zu Lebzeiten ausgesehen hatte. Eine Frau von Anfang dreißig, nicht sehr hübsch, aber auch nicht häßlich. Eine von den Frauen, die eigentlich ganz attraktiv sind, aber einfach nicht genug physisches Selbstvertrauen haben.

Und ich dachte nach. Kanada, wieso Kanada?

Wenn jemand die Frau spurlos verschwinden lassen wollte, er hätte es nicht besser anfangen können. Niemand, der diese Frau vermißte, niemand, der fragte, wo sie geblieben ist. Sie war halt ausgewandert.

Ich fragte die Sekretärin, warum die Kaiser auswandern wollte.

Warum und mit wem? Sie wußte es nicht. »Wir haben sie natürlich alle gefragt, aber sie hat ein Geheimnis daraus gemacht.« Ihr werdet es schon alle erfahren, habe sie gesagt, ich werde euch die Anzeige schicken. Was für eine Anzeige? Eine Heiratsanzeige? Ja, so was, habe sie gesagt und dabei gelächelt.

Ob sie einen Mann kenne, mit dem die Kaiser befreundet gewesen sei.

Nein, über Männer habe Maria Kaiser nie gesprochen, obwohl sie keineswegs prüde gewesen sei. Sie selbst habe die Kaiser einmal in einem Lokal gesehen, in einem Ball verkehrt. »Wissen Sie, wo Frauen Männer zum Tanzen auffordern.« Da habe sie die Kaiser gesehen. »Saß allein an einem Tisch, stellen Sie sich vor. Die hat Männer zum Tanzen aufgefordert!«

Ich hörte die Stimme des jungen Mädchens, sah sie an. Ein süßes Kind mit beträchtlichem physischen Selbstbewußtsein. Sie stand und reckte sich, drückte die Brust heraus, ließ die Augen leuchten und warf andauernd den Kopf zurück, daß die langen Haare flogen.

Ich begann mich etwas wohler zu fühlen. Die Tote wurde immer mehr zu einem Menschen und damit begreifbar. Das blasse Bild bekam Farben. »Walter«, sagte ich, »die Sache beginnt spannend zu werden.«

»Na, Chef«, meinte er, »das sehe ich noch nicht. Wir wissen wie die Frau heißt, aber mehr wissen wir nicht.«

»Was«, sagte ich, »da ist eine tüchtige Frau – hast du die Gehaltsliste gesehen? –, Anfang dreißig, hübsch, aber nicht zu hübsch, ein bißchen prüde, aber mit Sehnsucht nach Liebe. Sie hat einen Zeitpunkt verpaßt, den Zeitpunkt, einen Mann zu kriegen und eine Familie zu gründen. Sie hat panische Angst, sitzenzubleiben.«

Grabert warf mir einen Blick zu. »Ihre Phantasie möchte ich haben, Chef! Wo kriegen Sie die Geschichten bloß alle her?«

Ja, das war es. Ich hörte Einzelheiten und sah Geschichten vor mir, viele Geschichten, ich dachte alle Möglichkeiten durch. Ich hielt nichts für unmöglich. Wenn ich erfolgreich war, und man sagt es, dann, weil ich nichts für unmöglich hielt.

Maria Kaiser begann plastisch zu werden. Ich hatte ihr Foto

vor Augen, sie begann sich zu beleben, zu bewegen, sie sah mich an, bewegte die Augen, begann zu lächeln. Man mag es für verrückt halten, aber ich liebe die Opfer von Verbrechen, ich fühle mich als ihr Sachwalter. So als wäre ich ihr Freund.

Wir fuhren zum Gasthaus im Moor hinaus. Häßler, der Wirt, war nicht da. Seine Frau sagte: »Er ist rausgegangen und stellt Schilder auf, dort wo Lebensgefahr ist.«

Frau Häßler lächelte Grabert an. Sie würde jeden Mann anlächeln, der jung genug ist, ihre Phantasie anzuregen. Ich konnte ihre Phantasie nicht beschäftigen, soviel war klar.

Ich zeigte ihr das Foto Maria Kaisers. Ob sie diese Frau gesehen habe. »Nein«, sagte sie sofort, »ich kenne sie nicht.« Und fügte hinzu: »Ist das die Tote?«

Auch in ihren Blicken sah ich kein großes Mitleid, nur den leichten Schauder. Frau Steger kam gerade herein, und ich zeigte auch ihr das Foto.

»Ja«, sagte die alte Frau sofort, »die Frau kenne ich.«

Grabert wurde aufgeregt. »Was, irren Sie sich nicht? Das ist jetzt sehr wichtig, Frau Steger.«

»Nein«, sagte die alte Frau, »ich irre mich nicht. Sie war hier, hat an diesem Tisch dort gesessen, etwa zwei Stunden. Dann hat sie nach dem Wirt gefragt.«

Grabert sah sie skeptisch an. Es war ungewöhnlich, daß jemand so schnell und sofort die Ereignisse aus seinem Gedächtnis holte. »Sie wollte meinen Mann sprechen?« fragte auch Frau Häßler verwundert.

»Ja, ich sagte es ihm, und er hat mit dieser Frau gesprochen. Er ging mit ihr vor die Tür und beschrieb ihr offenbar einen Weg.«

Ich sah, wie Grabert Luft holte und mich ansah.

In diesem Augenblick kam Häßler herein. Er stutzte, als er uns sah und sagte: »Na, noch nicht vorwärtsgekommen, was?«

»Ganz im Gegenteil«, sagte Grabert und hielt ihm das Foto hin.

Häßler sah von einem zum anderen, dann besah er das Foto.

»Das ist die Tote«, sagte Grabert, »und Sie kennen sie.«

»Tut mir leid«, sagte Häßler und gab das Bild achselzuckend zurück. »Die Frau kenne ich nicht.« Und bei dieser Meinung blieb er, obwohl Grabert Frau Steger zitierte, die ihrerseits verwundert fragte: »Sie erinnern sich nicht mehr?«

»Nein«, sagte Häßler, »mich fragen viele Leute nach dem Weg. Soll ich die alle in Erinnerung behalten, vielleicht nach ihrem Namen fragen?«

Ich hatte etwas bemerkt, eine kleine Pause, als er das Foto ansah; er hatte seinen Atem angehalten, nur den Bruchteil einer Sekunde. Er kannte die Frau, ich war ganz sicher. Warum log er?

Und sofort bot mir meine Phantasie eine Geschichte an. Wer war dieser Häßler eigentlich? Ein Wirt mit einer sehr jungen Frau in einem Ausflugslokal, das nicht ging, das man umbauen müßte. Der Mann hatte kein Geld.

Maria Kaiser hatte Geld. Sie hatte dreiundzwanzigtausend Mark auf der Städtischen Sparkasse gehabt, die sie selbst am achten September auf Heller und Pfennig abgehoben hatte.

War Häßler der Mörder? Er kannte die Gegend hier, er kannte jedes Moorloch.

Nun, ich denke solche Geschichten bis an jedes mögliche Ende durch, aber ich lasse mich nicht beeinflussen.

Häßler sah mich treuherzig und ehrlich an und sagte: »Die

Frau ist mir unbekannt.« Das mußte ich leider akzeptieren.

Wir verließen das Gasthaus. Grabert ärgerte sich. Er fragte hin und her: »Wollen wir der Steger glauben? Vielleicht irrt sich die Frau? Oder nicht?«

So kamen wir vor dem Haus an, das Doktor Strobel gehörte. Ein Auto stand vor der Tür, ein junger Mann kam gerade aus der Haustür.

Grabert ging hin, fragte ihn etwas und kam zurück. »Das ist der Sohn Doktor Strobels. Sein Vater hat ihn beauftragt festzustellen, wie man das Haus sichern könne.«

»Hallo«, sagte der junge Mann, »ich bin Ulrich Strobel.«

Er machte einen sympathischen Eindruck, sein Händedruck war kräftig. »Der Mord, der hier passiert ist, hat meinen Vater nervös gemacht. Er will Gitter vor den Fenstern anbringen lassen. Ist das nicht albern?«

»Ja, das ist albern«, sagte Grabert. »Werden Sie welche anbringen?«

»Nein«, sagte der junge Mann, »ich versuche, ihm das auszureden.«

Er fuhr wieder ab.

Ich weiß nicht, warum mir Häßler nicht aus dem Kopf ging. Wir gingen noch mal zum Gasthaus zurück und trafen Harry. Er stand bei Häßler, der gerade seinen Wagen besteigen wollte.

Es bestand kein Zweifel: Häßler erschrak, als er mich wieder sah. Es war kein deutliches Erschrecken, aber er fühlte sich einfach nicht wohl, daß ich wieder auftauchte. Und deshalb sagte ich: »Fahr' ihm nach, Walter.«

Häßler fuhr los, und Walter wartete eine Weile, bis er ihm

folgte. Ich trank noch ein Bier und unterhielt mich mit Hannelore Häßler. Sie war lebhaft, gutgelaunt, ließ die Musik laut dröhnen und sah Harry an, der einen Whisky verlangt hatte.

»Fährt Ihr Mann oft nach München?« fragte ich Hannelore Häßler.

»Ja«, sagte sie, »er besucht Architekten. Er will ja das Haus umbauen.«

Ich sah den Abend über dem Moor verglühen. Das Buschwerk färbte sich grau; das Grau wechselte in Schwarz über. Die ersten Schreie der Nachtvögel waren hörbar. Die Einsamkeit war plötzlich bedrückend, und ich beobachtete die Frau, die vor Harry stand, sich reckte, ihn ansah. Die Frau war eine einzige Verführung. Und diese Frau wollte weg von hier, wollte das Gasthaus nicht, wollte ihren Mann nicht. Das war die Geschichte, die mir meine Phantasie plötzlich eingab, die Geschichte eines Mannes, der verzweifelt versuchte, seine Frau bei sich zu behalten. Wie konnte er das? Mit Geld. Nur mit Geld.

Ich fuhr ins Büro zurück und traf dort Walter Grabert.

»Chef«, sagte er, »wissen Sie, wo Häßler hingefahren ist? Schnurstracks zu Doktor Strobel. Er blieb dort eine Stunde. Dann fuhr er wieder ab. Ich weiß nicht, ob ich es richtig gemacht habe. Ich habe bei Strobel geklingelt und ihn gefragt, was Häßler von ihm gewollt habe. Hätte ich das nicht tun sollen?«

»Doch, doch«, sagte ich. »Was sagte er?«

»Er sagte, daß er mit Häßler Finanzierungsprobleme besprochen habe. Häßler wolle umbauen und habe ihn gefragt, ob er, Strobel, sich daran beteiligen wolle.«

Grabert sah mich an, lächelte: »Klingelt es bei Ihnen auch, Chef?«

»Ja», murmelte ich, »ja. Was stelltst du dir vor?«

Grabert sagte: »Ich stelle mir folgendes vor: Häßler erinnert sich sehr gut an Maria Kaiser, die in seinem Gasthaus saß und ihn zu sprechen verlangt hatte. Sie hat ihn wirklich nach dem Weg gefragt. Sie hat gefragt, wie sie zu Doktor Strobel kommt.« Er sah mich an: »Ist das ganz abwegig?«

»Nein«, sagte ich, »das ist ganz und gar nicht abwegig.«

Grabert fuhr fort: »Häßler will Strobel nicht in Schwierigkeiten bringen. Und er bekommt eine Finanzierung für seinen Umbau. Falsch, Chef?«

»Nein«, sagte ich, »das ist nicht falsch. Das alles ist sehr gut denkbar.«

Es war spät abends geworden. Ich hatte noch keine Lust, nach Hause zu gehen. Ich wollte noch ein Bier trinken und besuchte den »Ball verkehrt«.

Das Lokal zeigte gediegenen Luxus; es war betont stilvoll und hatte einen eleganten Service. Die Ober trugen Frack. Es gab Teppiche, Spiegel, Lüster.

Mein Gott, dachte ich, so wird den Frauen die Scham genommen, so spricht man ihnen Mut zu. Alles gaukelte hier vor: Wir sind seriös, und was ihr tut, ist ebenfalls seriös und niemand darf schlecht darüber denken.

Die Musik spielte. Die Tische waren besetzt.

Ich zeigte einem Kellner das Foto Maria Kaisers und fragte ihn, ob er sich an diese Frau erinnere.

»Ja«, sagte er, »die war öfter hier.« Er blickte sich um und wies auf einen Tisch. »Sehen Sie die Frau dort? Mit der hat sie oft zusammen gesessen.«

Ich hatte nicht erwartet, soviel Erfolg zu haben, ging an den Tisch und stellte mich vor. Die Frau war zwischen dreißig und vierzig und sah das Foto erstaunt an. »Ja«, sagte sie, »das ist Maria Kaiser.« Ich erzählte ihr alles. Die Frau verfärbte sich. Ich sah förmlich, wie ihr das Blut aus den Wangen wich. Kalkbleich saß sie da, unfähig etwas zu sagen. Dann murmelte sie: »Sie ist nicht nach Kanada?«

»Nein«, erwiderte ich, »ich habe Grund, folgendes anzunehmen: Sie hat einen Mann kennengelernt, der ihr die Ehe versprochen hat. Er hat sie veranlaßt, ihre Wohnung aufzugeben, alles zu verkaufen, ihr Geld von der Bank abzuheben.«

Die Frau saß wie erstarrt. »Er hat sie nicht mit nach Kanada genommen?«

»Nein«, sagte ich, »er hat sie erschlagen und ins Dachauer Moor geworfen.«

Die Frau hieß Anna Kenneweg. Nervös spielten ihre Hände mit dem Bügel ihrer Handtasche; ich fühlte, wie das Blut in ihrer Halsschlagader klopfte. Traurig und verstört saß sie da.

»Herr Kommissar«, sagte sie, »Sie werden wissen wollen, welcher Mann dafür in Frage kommt.« Sie hob die Schultern: »Ich weiß es nicht. Wir waren oft hier zusammen und haben mit allen möglichen Männern getanzt, aber ich erinnere mich nicht, daß irgendeiner von diesen Männern eine besondere Rolle gespielt hätte. Es waren die üblichen Beziehungen, ein bißchen Tanzen, ein bißchen Flirten, ein bißchen Betrunkenheit. Es wurde selten mehr daraus.« Sie sah mich an: »Dann kam sie lange Zeit nicht mehr, aber ich traf sie einmal auf der Straße. ›Hallo‹, sagte ich, ›wie geht es ihnen denn.‹ Und sie sagte: Großartig, mir geht es großartig. Wir gehen nach Kanada. Ich fragte: ›Wer geht nach Kanada?‹ Mein Mann und ich. Mir blieb fast das Herz stehen. ›Was?‹ fragte ich, ›Sie sind verheiratet?‹ Nein, sagte sie, noch nicht, wir heiraten in Kanada. Ich fragte: ›Wer ist es denn?‹«

Ich wartete; ich wußte, ich war kurz davor, das Geheimnis zu entdecken, aber die Frau am Tisch bedauerte: »Sie sagte es mir nicht. ›Er will nicht, daß ich es sage. Es soll noch geheim bleiben.‹«

Die Frau schwieg; dann sah sie mich an und flüsterte: »Sie glaubte, endlich geliebt zu werden. Aber dieser Mann dachte nur daran, wie er sie umbringen könne. Sehe ich das richtig?«

»Ja,« sagte ich.

Ich wollte aufstehen, aber ich blieb plötzlich wie gebannt sitzen, denn ich sah Doktor Strobel hereinkommen. Er kam sehr selbstsicher, ging an die Bar und verlangte zu trinken.

Ich stand auf und ging langsam auf ihn zu.

Ich wartete. Wann würde er mich sehen? Und wie würde er sich benehmen?

Meine ganze Aufmerksamkeit hatte ich auf diesen Augenblick gerichtet.

Doktor Strobel zündete sich eine Zigarette an.

Sein Feuerzeug blieb in der Luft schweben, als er mich sah.

Seine Hand zitterte nicht. Ruhig steckte Doktor Strobel die Zigarette an und sagte: »Nanu, Herr Kommissar, was machen Sie denn hier?«

Ich wußte sofort: Ich hatte meinen Gegner gefunden. Keine Höflichkeit konnte es verdecken. Der Mann war ein Gegner. Er wußte, daß er es war, und er war sicher, daß auch ich es wußte.

In solchen Momenten werde ich ganz ruhig. Fast als spürte ich eine Art Atempause. Wie immer, wenn ich weiß: Du stehst vor der richtigen Tür, und es ist jetzt der Zeitpunkt gekommen, sie aufzumachen.

»Ich sehe mich um«, sagte ich, »wissen Sie, daß dies das Lokal ist, in dem sich Maria Kaiser öfter aufgehalten hat?«

»Ach«, sagte Doktor Strobel, mehr nicht. Er beherrschte sich großartig. Seiner Stimme war nichts anzumerken, nicht die geringste Spur von Nervosität. Er verstand es, jedes Gefühl aus seiner Stimme zu entfernen. Er sah sich um und sagte: »In diesem Lokal?« Und fügte hinzu: »War sie so eine Frau?«

»Was wollen Sie damit sagen?«

»Nun«, sagte Doktor Strobel mit der gelassensten Stimme der Welt, »die Frauen, die dies als einen Ausweg aus ihren Schwierigkeiten ansehen, haben keine große Phantasie.«

»Jeder bringt soviel Phantasie auf, wie er hat. Sehen Sie nicht, wieviel Traurigkeit sich dahinter verbirgt?«

»Ich bin Arzt«, sagte Doktor Strobel trocken, »Chirurg. Ich kann nicht arbeiten, wenn ich mir die Traurigkeiten des menschlichen Schicksals nicht wegdenken kann.«

»Was tun Sie hier?« fragte ich jetzt direkt.

»Man trinkt ein gutes Bier hier«, sagte er ruhig und behielt seinen dunklen Blick auf mich gerichtet.

»Sind Sie öfter hier?«

»Ja«, sagte er, »ab und zu gehe ich hierher.«

»Lassen Sie sich zum Tanzen auffordern?«

»Wo denken Sie hin«, lächelte er, »ich stehe an der Bar und sehe offenbar so aus, daß niemand mich auffordert. In der Tat«, stellte er fest, »ich bin noch nie aufgefordert worden.«

»Moment«, sagte ich, ging zurück an den Tisch, an dem mit

kreidebleichem Gesicht Anna Kenneweg saß und fragte sie: »Haben Sie jenen Mann dort schon einmal gesehen?«

»Nein«, antwortete sie und fügte dann hinzu: »Ich weiß es nicht. Es ist genauer, wenn ich sage, daß ich es nicht weiß.«

Doktor Strobel sah herüber, leicht gebeugt, ein strenges Gesicht, eine Maske.

Ich kann nicht sagen, wie wohl ich mich fühlte. Fast spürte ich Sympathie für Doktor Strobel, der so eiskalt an der Bar stand und herübersah.

Ich verabschiedete mich von ihm: »Ich gehe jetzt«, sagte ich, »es ist nicht viel rauszukriegen hier.«

»Nein?« fragte er zurück und schien einen Moment lang fast unbeherrscht erleichtert.

»Nein«, sagte ich und ging.

Ich war hundemüde und ging nach Hause und wollte schlafen. Ich konnte nicht schlafen. Das Gesicht Doktor Strobels verfolgte mich bis in den Schlaf hinein. Das Dreieck dieses Gesichtes. Der schmale Mund, die schwarzen, dichten, buschigen Augenbrauen. Irgend etwas drückte dieses Gesicht aus, aber ich wußte nicht was. Und ich hatte zugleich das Gefühl, von der Wahrheit nicht weit entfernt zu sein.

»Kannst du nicht schlafen?« fragte meine Frau.

»Nein«, sagte ich.

»Dich quält deine Phantasie?« fragte sie.

»Jaja«, sagte ich, »du weißt, daß sie mich quält.«

Ich hatte ihr einmal von der seltsamen Beziehung erzählt, die ich zu Ermordeten habe, dieses sonderbare, seltsame Zwiegespräch zwischen den Erschlagenen, Erstochenen, Erwürgten und mir. Meine Frau hatte mich angesehen, als sei ich betrunken. Nie wieder habe ich mit ihr über diesen sonderbaren Aspekt meines Berufs gesprochen. Aber sie weiß, warum ich mich nachts oft im Bett umherwälze. Welcher Tote spricht diesmal zu dir? Maria Kaiser spricht zu mir, hätte ich jetzt sagen müssen. Eine Frau spricht zu mir, die in ihrem Leben kein Glück gehabt hat und es so gern hatte haben wollen. Eine bestimmte Art von Glück, die sie völlig verändert hätte.

Am nächsten Tag nahm ich Harry mit.« Komm, Harry«, sagte ich, »wir müssen uns über Doktor Strobel klar werden. Das ist das Wichtigste.«

Harry sagte: »Der Mann ist heute nicht in der Klinik. Er ist in sein Moorhaus gefahren.«

»Gut«, sagte ich, »dann suchen wir seinen Sohn auf. Der wird seinen Vater am besten kennen.«

Wir besuchten Ulrich Strobel. Er bewohnte ein Apartment in der Stadt. Die Wohnung war modern eingerichtet. Helle Farben, moderne Bilder.

Eine Stereoanlage verbreitete Musik, die Ulrich Strobel sogleich abstellte.

»Die Musik werden Sie nicht mögen«, sagte er. Ich ärgere mich immer über Leute, die glauben, meinen Geschmack zu kennen, und ich mag junge Leute nicht, die glauben, daß sie allein die Gegenwart darstellen. Viel zu oft war ihr Wunsch, sich mit der Gegenwart identifizieren zu können, größer als ihr Vermögen, es auch wirklich zu tun. Es bleibt schließlich nur bei Krawatten oder einer bestimmten Sorte Whisky und Musik.

Ich fragte Ulrich Strobel nach seinem Vater, und er antwortete offen. Sein Vater habe seine Frau vor zehn Jahren verloren. Er habe nicht wieder geheiratet. Er sei sehr willensstark, sehr streng. Ein Mann, der seine Grundsätze niemals verlasse. Und der es nie gelernt habe, Gefühle zu zeigen.

Ulrich Strobel antwortete höflich, wohlerzogen, mit ganz leichter Überheblichkeit in der Stimme. »Ich habe sein Haus verlassen«, sagte er, »und wenn Sie meine Charakterbeschreibung meines Vaters richtig verstanden haben, dann wissen Sie warum. Er ist ein Despot. Ich verkehre gern mit ihm, aber ich möchte nicht unter seiner Fuchtel leben, denn die ist unerträglich.« Harry wollte wissen, welche Beziehung Doktor Strobel zu Frauen habe. »Können Sie sich vorstellen«, fragte er, »daß Ihr Vater den ›Ball verkehrt‹ besucht?«

Ulrich starrte Harry verblüfft an. »Nein«, sagte er langsam und kopfschüttelnd, »das kann ich mir nicht vorstellen. Ich halte es einfach für unmöglich.«

Waren wir so weit wie vorher? Kamen wir nicht weiter? Ich wußte es nicht.

Der junge Mann machte einen sympathischen Eindruck.

Er hatte eine Werbeagentur. »Das Büro ist in der Stadt«, sagte er, »und ich habe jetzt nicht mehr viel Zeit.«

»Ja«, sagte ich, »wir sind fertig.«

Wir gingen hinunter. Der junge Mann setzte sich in seinen Sportwagen und fuhr los.

»Chef«, sagte Harry, »wir werden Maria Kaisers Mörder nie finden.«

Hatte Harry recht?

Ich ging in meinem Büro auf und ab. Ich hatte Maria Kaisers Foto gegen das Telefon gestellt und sah es zuweilen an.

Ihr Blick verfolgte mich.

Die Rehbein kennt alle meine Stimmungen und sah mich besorgt an. Ich bekam den Kaffee stärker als gewöhnlich; sie strich die Butterbrote kräftiger und hielt mir mehr als sonst die Besucher vom Leib, von denen sie wußte, daß sie mir nur die Zeit stehlen würden.

Dann versammelte ich meine Leute und erteilte einige Aufträge.

Grabert schaute mich an. »Chef«, murmelte er, »glauben Sie wirklich, daß Sie den Fall gelöst haben?«

Was fragte er mich? War ich so sicher? Meine Phantasie bot mir eine Geschichte an, und es würde sich herausstellen, ob sie richtig war.

Während Harry, Grabert und Heines sich auf den Weg machten, alle Aufträge auszuführen, blieb ich im Büro und überlegte hin und her und wurde immer sicherer.

Gegen Abend fuhr ich ins Moor hinüber.

Der Gasthof war hell erleuchtet.

Ich setzte mich hin und bestellte ein Bier.

Häßler sah mich unruhig an: »Warum kommen Sie, Herr Kommissar?« fragte er, »gibt es etwas Neues?«

»Ja«, sagte ich, »gleich wird der Mörder Maria Kaisers hereinkommen.«

Häßler starrte mich an. Er hielt den Atem an, dann lächelte er unsicher: »Sie machen einen Scherz, Herr Kommissar.«

»Nein«, sagte ich, »ich mache keinen Scherz.«

Häßler wandte sich um, denn man hörte ein Auto vorfahren. Grabert kam mit Doktor Strobel herein.

»Was bedeutet das?« fragte Doktor Strobel. »Werde ich polizeilich vorgeführt?«

»Ja, Doktor Strobel«, sagte ich, »Sie werden polizeilich vorgeführt.«

Ich hatte lauter als sonst gesprochen. Ich wollte Doktor Strobel nicht im Zweifel darüber lassen, daß die Unterhaltung nicht amüsant verlaufen würde. Wieder fuhr ein Wagen vor. Harry kam herein und brachte Ulrich Strobel. Doktor Strobel betrachtete seinen Sohn, dann sah er auf mich. »Was soll der Junge hier?« fragte er.

»Ich benötige ihn«, sagte ich, so knapp wie möglich. »Er wird Aussagen machen müssen.«

Ich hörte einen dritten Wagen vorfahren, aber niemand kam herein.

Gut; ich wußte, es war soweit. Heines war draußen und würde hereinkommen, wenn ich ihm den Auftrag dazu erteilen würde.

Ich wandte mich sofort an Ulrich Strobel.

»Seit wann«, fragte ich, »leben Sie nicht mehr bei Ihrem Vater?«

»Seit fünf Jahren.«

»Warum nicht?«

Der junge Mann sah mich lange an. »Aber, Herr Kommissar«, murmelte er, »darüber haben wir doch schon gesprochen.«

Ich fragte: »Warum haben Sie nicht studiert?«

Ulrich blickte mich erstaunt an. »Warum wollen Sie das wissen?«

Doktor Strobel verfolgte das Gespräch mit wachem Verstand.

Ich sagte: »Sie haben die Schule nicht abgeschlossen?«

»Nein«, murmelte Ulrich Strobel, »spielt das irgendeine Rolle?«

»Ja«, sagte ich, »es spielt eine Rolle. Ich habe übrigens alle Unterlagen über Sie und Ihren Vater. Soviel ich in aller Eile beschaffen konnte.«

Grabert legte Papiere auf den Tisch. Ich fuhr fort: »Sie haben eine Lehre angefangen, aber nach einem halben Jahr aufgehört. Warum?«

»Warum, warum?« wiederholte Ulrich unruhig.

»Ich werde Ihnen sagen, warum«, fuhr ich fort, »Sie haben es nicht geschafft, weder die Schule noch das Studium noch die Lehre. Sie haben gar nichts geschafft, so daß selbst Ihr Vater es beklagte und sagte: Ich habe einen Idioten zum Sohn.«

»Was hat er gesagt?« brauste Ulrich Strobel auf und sah seinen Vater an.

»Sei wenigstens jetzt kein Idiot«, sagte Doktor Strobel. Seine Stimme klang eine Spur tiefer, trauriger, dunkler.

Ich behielt Ulrich Strobel im Blick: »Da machten Sie ein Werbebüro auf. Ihr Vater streckte Ihnen Geld vor. Er wollte endlich sehen, daß Ihnen etwas im Leben glückt. Wie steht die Firma?«

»Sie steht glänzend«, schrie mich Ulrich Strobel an.

Ich machte eine Pause. Niemand sagte einen Ton. Man hätte eine Stecknadel fallen hören können.

Ich wandte mich an Häßler. »Sie haben mit Maria Kaiser gesprochen. Sie hat hier am Tisch gesessen und wollte etwas von Ihnen wissen. Ich frage Sie: was wollte sie wissen?«

Häßler wirkte wie aufgescheucht. »Nichts«, sagte er erbittert, »ich kenne Maria Kaiser nicht.«

»Ich werde Ihnen sagen, wonach sie sich bei Ihnen erkundigt hat.« Ich sprach jetzt langsam: »Sie hat sich bei Ihnen nach Strobel erkundigt. Nicht nach Doktor Strobel, sondern nach Ulrich Strobel.

Häßler starrte mich an, dann irrte sein Blick ab, er wandte sein Gesicht Doktor Strobel zu.

Ich fragte jetzt den jungen Strobel: »Kennen Sie Maria Kaiser?«

»Nein«, sagte der junge Mann, »nein.« Er wiederholte es, aber seine Stimme war nicht selbstsicher; und daß sie nicht selbstsicher war, spürte jeder, der anwesend war.

Ich sagte: »Sie, Ulrich Strobel, haben Maria Kaiser, nachdem Sie ihr Geld an sich gebracht hatten, erschlagen und nicht weit vom Haus Ihres Vaters in ein Moorloch geworfen, um die Leiche für immer verschwinden zu lassen.«

Ulrich Strobel wurde kreidebleich. Die Haut in seinem Gesicht zuckte. Man sah förmlich wie seine Lippen austrockneten.

Doktor Strobel trat einen Schritt nach vorn. »Du sagst keinen Ton mehr«, befahl er seinem Sohn, »du gibst nichts zu, überhaupt nichts.«

Ich wandte mich an Doktor Strobel und sagte: »Sie, Doktor Strobel, erfuhren von Häßler, daß eine Beziehung zwischen Ihrem Sohn und der Toten aus dem Moor bestehen mußte. Und von nun an kannten Sie nur eine Aufgabe: Wie Sie Ihrem Sohn helfen könnten. Sie versprachen Häßler die Beteiligung an seinem Gasthausumbau. Dafür mußte er schweigen. Sie suchten Ihren Sohn auf und verschafften sich Gewißheit. Sie erfuhren: Ja, er war es, er war der Mörder Maria Kaisers.«

»Unsinn«, sagte Doktor Strobel, »Sie phantasieren, Herr Kommissar. Alles, was Sie da sagen, müßte bewiesen werden. Es ist nicht zu beweisen.«

»Nein?« fragte ich.

Ich ging an das Fenster, klopfte an die Scheibe. Es dauerte nicht lange, und Heines kam herein. Er brachte – Anna Kenneweg herein, die Freundin Maria Kaisers.

Anna Kenneweg sah sich um. Niemand sprach ein Wort.

Dann blieb ihr Blick an Ulrich Strobel hängen, und sie sagte: »Diesen Mann kenne ich. Maria Kaiser hat ihn einmal zum Tanzen aufgefordert.«

Jetzt geschah etwas Überraschendes. Ich kenne den Panikeffekt, den eine entscheidende Zeugenaussage verursacht, aber diesmal war ich nicht schnell genug.

Ulrich Strobel war mit zwei, drei Schritten am Fenster. Er sprang mit vorgestreckten Armen durch die Scheibe hindurch.

Es war eine Wahnsinnstat, und jeder begriff, daß nur jemand dazu imstande war, der zu einer allerletzten Entscheidung bereit war.

Harry, Grabert und Heines begriffen es, begriffen es von einer Sekunde auf die andere. Sie liefen hinaus, liefen Ulrich Strobel nach, der davonlief, in das Moorgebiet hinein.

Doktor Strobel bewegte sich nicht. Jetzt tat mir der Mann entsetzlich leid. Strobel sagte: »Jetzt bin ich gespannt, ob er wenigstens das richtig macht.«

Dann sagte er kein Wort mehr. Man fand die Leiche Ulrich Strobels erst am nächsten Tag, nachdem man die Wasserlöcher abgefischt hatte.

Maria Kaisers Bild trat zurück. Es sprach nicht mehr mit mir.

Aber dafür verfolgte mich lange Zeit das Bild des jungen Ulrich Strobel, der seinem Vater nicht eingestehen wollte, daß er wieder einmal versagt hatte, und ich frage mich heute – wissen Sie, was ich mich frage? Ob letzten Endes dieser Ulrich Strobel die Maria Kaiser nicht doch geliebt hat? Schwer zu verstehen? Ich weiß nicht. Er hatte sich das Loch ausgesucht, in dem Maria Kaisers Leiche gefunden wurde. Es kann natürlich auch nur ein Zufall sein.

Das Ende eines Tanzvergnügens

Ich war schon zu Hause, als der Anruf kam: Mord in Sendling. Ich hatte einen schweren Tag gehabt und war müde. »Himmel«, sagte meine Frau, »daß diese Leute dich zu jeder Tages- und Nachtzeit aus dem Bett holen können.« Aber sie machte mir noch schnell einen starken Kaffee, während das Telefon schon laufend klingelte und mir Einzelheiten durchgegeben wurden. Ein junger Mann war vor seiner Haustür erschlagen worden, er war von einer Tanzerei nach Hause gekommen. »Ist denn jetzt selbst Tanzen gefährlich?« fragte meine Frau.

Ich fuhr los und traf in Sendling meine Leute bereits bei der Arbeit.
  Der Tote lag noch auf der Straße, ein junger Mann von etwa fünfundzwanzig Jahren. Er lag auf dem Rücken und blickte in den Nachthimmel. Er lag fast wie eine Puppe, die jemand auf den Rücken geworfen und liegen gelassen hatte.
  Harry bot mir eine Zigarette an. Ich nahm sie und steckte sie mir an.
  »Der Mann heißt Hans Stolte«, berichtete Harry, »er kam nach Hause und hatte den Hausschlüssel vergessen. Er rief nach oben und weckte seine Schwester, die schließlich wach wurde und herunterkam, um die Tür aufzuschließen. Sie hörte Streit, Stimmen, ein Motor lief, dann wurde ein Körper gegen die Haustür geworfen. Sie wollte aufschließen, hatte aber in

der Eile den falschen Schlüssel erwischt. Sie mußte noch mal in die Wohnung hinauf, um den richtigen Schlüssel zu holen. Als sie wieder runterkam, aufschloß und auf die Straße ging, fand sie ihren Bruder so, wie er da liegt.«

Mir wird immer ein bißchen übel, wenn ich Blut sehe. Mein Eindruck ist immer zwiespältig: Tote stoßen mich ebenso ab, wie sie mich auf merkwürdige Weise faszinieren. Nur eins bin ich niemals: gleichgültig. Ein Toter nimmt mir immer ein bißchen von meiner Atemluft.

Ich fror ein wenig in der Nachtluft und sah mich um.

Die übliche Szenerie: Fenster waren hell, Neugierige schauten heraus, unterhielten sich flüsternd. Das Haus, vor dem ich stand, war ein vierstöckiges Mietshaus; ich befand mich in einer Straße mit vierstöckigen Mietshäusern, wie auf dem Grund einer Schlucht. Das Haus war alt, grau und dreckig. Im Souterrain befand sich eine Herrenschneiderei. Die Tür stand offen, man blickte in die Schneiderwerkstatt hinein.

Harry sagte: »Der junge Mann ist Schneidermeister gewesen, und das da ist sein Geschäft.«

Ich ging hinauf, um mit der Schwester zu sprechen. Die Wohnung lag im ersten Stock, die Tür stand offen. Grabert kam mir entgegen und sagte: »Die Frau ist völlig mit den Nerven herunter. Aufpassen, Chef.«

Ja, das kannte ich, die merkwürdigen Stimmungen, in denen sich die Angehörigen der Mordopfer befinden. Sie weinen nicht alle. Die Fähigkeit des Menschen, seine Gefühle auszudrücken, ist begrenzt. Manche standen eisern, schweigend, ein bißchen betäubt, sie ließen das schreckliche Ereignis nicht an sich heran, drückten es weg, als wäre es ihnen fremd und gehe sie nichts an. Ich habe schon blankes Gelächter von Leuten gehört, die hätten weinen müssen.

Die Frau, die ich in ihrer Küche antraf, weinte ebenfalls nicht.

Sie hatte ein graues, schweres Gesicht. Sie war entsetzlich mitgenommen. Aufpassen, hatte Grabert gesagt. Er hatte recht. Auf diese Frau mußte man aufpassen, sie war zu allem fähig. Ich hatte schon erlebt, daß jemand mich um Verzeihung bat, an mir vorbei zum Fenster ging und sich schweigend hinausstürzte.

Die Frau hieß Lisa Stolte. Sie lebte allein mit ihrem jüngeren Bruder. Zusammen betrieben sie die Schneiderei im Souterrain. Eltern gab es nicht mehr. Ihr Bruder bedeutete ihr alles. Nichts hatte jetzt irgendeinen Sinn mehr. Die Fragen, die ich stellte, weckten ihre Aktivität. Sie stand auf. Es war, als schieße ihr das Blut wieder mit Macht in das bleiche Gesicht. Sie strich die Haare aus der Stirn und sagte:

»Ich weiß schon, was passiert ist und wer schuld daran hat.«

Sie setzte sich in Bewegung. Sie sah mich nicht mehr an, sie sah überhaupt niemanden mehr, sie ging die Treppe mit einer Beharrlichkeit hinunter, der etwas Schreckliches anhaftete.

»Wo will sie hin?« fragte Grabert.

Lisa Stolte trat auf die Straße hinaus. Der Tote lag nicht mehr auf der Straße. Ich sah, daß man ihn in die Schneiderwerkstatt hinuntergetragen und auf den Tisch gelegt hatte. Die Frau nahm nicht mehr wahr, was um sie herum geschah; sie ging die Straße hinunter. Verwundert blickten ihr einige Leute nach.

Ich ging ihr nach.

Ich habe mir zur Regel gemacht, Leidenschaften, die sich

einen Ausweg suchen, nie zu behindern. Sie bringen die Ermittlungen vorwärts.

Lisa Stolte sah nicht einmal, daß Grabert und ich ihr folgten, obwohl wir es nicht verheimlichten. Sie bog nach wenigen hundert Metern in einen Torweg ein, ging auf einen Hof und klopfte an die Fensterscheibe einer Parterrewohnung. Ihre aufgeregte Stimme wurde von den düsteren Hauswänden, deren Geviert den Hof bildete, grell zurückgeworfen. Die Frau schrie jetzt:

»Sie schlafen doch nicht etwa, Kusche! Holen Sie sie mal an das Fenster. Holen Sie sie mal her! Ich will sie was fragen. Was sie mit Hansi gemacht hat. Hansi ist tot, und was sie mit ihm gemacht hat, will ich wissen.«

Es war eine verrückte Szene. Fenster gingen auf, Licht wurde angemacht und zerschnitt die Dunkelheit des Hofes mit hellen Streifen.

Auch das Fenster, an das Lisa Stolte immer noch klopfte, wurde geöffnet. Ein Mann von etwa sechzig Jahren stand dort und fuhr die Frau an:

»Was ist denn los?«

Wir gingen in die Wohnung hinein. Bei dem Wort »Kriminalpolizei« wurde der Mann etwas friedlicher.

»Hansi Stolte ist tot?« fragte er und sagte im gleichen Atemzug: »Bitte, kommen Sie doch herein, bitte.«

Ein muffiger Flur, eine muffige Wohnung, spärlich beleuchtet; ein Höhleneffekt: eine Tür öffnete sich einen Spalt, die Umrisse einer alten Frau wurden sichtbar. Eine leise klagende Stimme:

»Was ist denn, Vati? Hansi Stolte ist tot? Soll Ilo aufstehen?«

Frau Stolte war an der Tür stehengeblieben.

»Ja, sie soll aufstehen. Sie war ja weg mit ihm. War sie nicht tanzen mit ihm?«

Grabert brachte Lisa Stolte dazu, draußen zu warten.

»Ja«, sagte der Mann, »meine Tochter war mit ihm aus. Soll ich sie wirklich wecken?«

»Meinen Sie, das ist noch nötig?« fragte Grabert trocken.

Kusche ging an eine Tür, öffnete sie behutsam und flüsterte: »Ilo?«

Ich kenne viele Beziehungen zwischen Menschen, sonderbare, vielfältige, aber dies hatte ich noch nicht erlebt: Ein Mann wie ein Prolet, breit, ungepflegt, mit verwaschener Sprache. Und der sprach jetzt mit äußerster Zartheit: »Ilo. Kannst du aufstehen? Hier ist Kriminalpolizei.«

Ja, Zartheit, Zärtlichkeit. Der ganze Mann hatte sich in ein Gefühl von Liebe verwandelt.

Kusche wandte sich mir zu: »Sie kommt sofort«, sagte er fast feierlich.

Nach einer Weile erschien Ilo Kusche. Ein junges Mädchen.

Grabert sah das Mädchen an, dann wandte er sich mir zu, fast erstaunt, nahezu erschlagen. Mir selber schwankte ein bißchen das Herz im Leibe; ich gebe es gern zu, denn Ilo Kusche war eines der schönsten Mädchen, das ich je gesehen hatte. Ihr Gesicht war makellos, es war vollkommen. Alles an ihr war vollkommen. Sie stand im Türrahmen vor hellem Hintergrund und war in voller Figur sichtbar.

Aber eins war ebenfalls sofort sichtbar: Das Gesicht enthielt nur Schönheit, sonst nichts, als habe einfach nichts anderes Platz. Man sah nur Schönheit, man sah keinen Menschen.

Das Mädchen hatte eine leise, etwas dünne Stimme. Auch die Stimme enthielt nichts Menschliches, verriet nichts über den Menschen.

Ich wußte sofort: Dieses Mädchen war von ganz seltener, ja geradezu erlesener Schönheit, aber leider war es dumm und dies ebenso vollkommen.

Sie sagte, ja, sie sei mit Hansi Stolte zum Tanzen gewesen, sie nannte das Lokal; sie sagte, daß Hansi Stolte sie nach Hause gebracht habe. Ja, hierher, er habe sich von ihr verabschiedet und sei nach Hause gegangen. Ja, in aller Unbesorgtheit, nichts sei geschehen, nichts sei merkwürdig gewesen. Andere Leute, nein, die habe sie nicht gesehen. Sie könne gar nichts sagen.

Grabert sprach immer noch mit leiser Stimme und war beklommen, wenn er das Mädchen nur ansah.

»Was meinen Sie denn«, fragte ich sie, »wer Hansi Stolte umgebracht haben könnte?«

Sie sah mich mit ihren atemberaubend schönen Augen an und hob die Schultern:

»Ich weiß es nicht«, sagte die dünne Stimme. Nichts an ihr zeigte Erschütterung, nichts an ihr weinte. Aber warum sollte sie auch. Kann eine Puppe weinen?

Wir gingen wieder.

Das Bild prägte sich mir ein: Die Eltern, die neben ihrer Tochter standen. Die fast demütige Haltung des Vaters behielt ich in Erinnerung und den Blick, mit dem er seine Tochter ansah und der grenzenlose Bewunderung enthielt.

Mehr konnten wir in dieser Nacht nicht tun.

Ich spürte, wie erregt ich innerlich war. Jeder Mord regt mich auf und versetzt mich in einen Zustand voller Spannung.

Folge: Ich werde nicht müde. Meine Leute kennen das schon. Sie sind müde, sie möchten schlafen gehen, aber ich erlaube mir, sie zu zwingen, noch mit mir aufzubleiben. Wir trinken irgendwo ein Bier, und ich versuche die Bilder und Empfindungen unter Kontrolle zu bringen: Der Tote auf dem Pflaster, das steinerne Gesicht seiner Schwester, die Schönheit dieses Vorstadtengels, die ganze Atmosphäre einer Mietshausstraße, durch die kalter Nachtwind geht.

Ich schlief wenig, wachte zwischendurch auf und sah die Personen vor mir, mit denen ich zu tun haben würde.

Am nächsten Tag suchte ich die Schwester des Toten auf.

Sie befand sich in der Schneiderwerkstatt und wusch den Tisch ab, auf dem der Tote gelegen hatte.

Ihre Bewegungen waren etwas automatenhaft energisch.

»Na«, sagte sie, »sie hat nichts zugegeben, was? Dieser Engel ist voller Unschuld, finden Sie nicht?«

Blanker Haß war spürbar und eine Kraft, für die ich immer eine Schwäche habe. Ich selbst besitze nicht soviel Kraft, und ich bewundere sie dort, wo sie in solcher Fülle vorhanden ist. Diese Frau hatte eine unglaubliche Kraft.

»Was für ein Verhältnis bestand zwischen Ihrem Bruder und diesem Mädchen?«

Sie wusch den Tisch ab, scheuerte und schrubbte ihn.

»Ein verrücktes«, sagte sie, »er war verrückt, Hansi war verrückt. Ich sagte ihm: Junge, laß dieses Mädchen; nicht dieses Mädchen, dieses nicht. Und er fragte: Warum nicht? Lisa, ich kann nicht ohne dieses Mädchen leben. Ich liebe es, und mein Leben bekommt einen Sinn. Ich sagte: Du bist nicht ganz bei Trost. Er sagte: Ich bin glücklich. Ich sagte: Du bist verrückt!«

Sie sah mich an wie ein Tier und flüsterte: »Jetzt wische ich hier sein Blut ab. Das Blut hier ist die Wahrheit. Und die Wahrheit ist, daß dieses Mädchen nicht weint. Hat sie geweint?«

»Nein, sie hat nicht geweint.«

Ich drehte mich um und sah Bigge. Bigge war Schneidergeselle. Er stand blaß und aufgeregt.

»Komm her«, forderte ihn Lisa Stolte auf, »hilf mir den Tisch sauber machen. Willst du auf einem Tisch arbeiten, auf dem noch sein Blut zu sehen ist?«

»Nein, nein«, sagte der junge Mann, aber rührte sich nicht.

»Wollen Sie diesen Tisch nicht raustun?« murmelte er. »Ich kann doch darauf nicht zuschneiden.«

»Warum nicht?« sagte Lisa und sah ihn finster an. »Habe ich so viel Geld, daß ich einen solchen Tisch wegwerfen kann?«

Sie sah mich an, machte eine Bewegung auf Bigge zu und sagte:

»Diese jungen Leute sind alle verrückt. Auch Bigge war hinter dem Mädchen her. Die Ilo Kusche hat sie alle um den Verstand gebracht. Dich nicht auch?«

Bigge stand atemlos. Und jetzt passierte etwas Merkwürdiges.

Lisa legte den Lappen weg, ging langsam auf Bigge zu und sah ihn an. Leise sagte sie: »Es ist eine Eifersuchtssache. Es kann nur eine Eifersuchtssache gewesen sein.« Sie stand so dicht vor Bigge, daß sie ihn fast berührte. Sie flüsterte: »Vielleicht bist du es gewesen. Vielleicht hast du Hansi umgebracht.«

Bigge verfärbte sich. Er zitterte, er schwankte. »Aber, Frau Stolte«, flüsterte er hilflos, »Frau Stolte...«

Sie sagte rauh, fast kalt: »Ich halte alles für möglich.« Und sie herrschte ihn an: »Warum willst du auf diesem Tisch nicht zuschneiden!?«

Grabert mischte sich ein: »Nun quälen Sie ihn nicht.«

Sie lachte nur auf und wandte sich ab.

Ein erneutes Verhör brachte nichts zutage.

Auch Bigge wußte nichts. Ja, die Ilo Kusche kenne er. Ein hübsches Mädchen, auf sie seien viele scharf gewesen. Aber er, Bigge, habe keine Chancen gehabt.

Ob er ihre Freunde kenne, wollte Grabert wissen.

Bigge sagte: »Sie hat so viele. Da weiß ich wirklich nicht, wen ich Ihnen da nennen soll.«

Wir verließen den traurigen Ort wieder und wollten Kusche besuchen.

Kusche ließ uns ein, sah uns jedoch sehr abweisend an.

Er klagte: »Wissen Sie, daß die Leute anfangen, über Ilo herzuziehen? Was hat sie mit der Sache zu tun? Hat sie den Hansi Stolte umgebracht?«

Er war gekränkt, beleidigt, aufgeregt. »Ich möchte nicht, daß Sie meine Tochter mit Fragen quälen.«

Grabert beruhigte ihn: »Je eher wir Licht in das Dunkel bringen, um so besser wird es für Ihre Tochter sein.«

Er sah uns nur skeptisch an.

Ilo Kusche war übrigens nicht da. Sie war Verkäuferin in einer Modeboutique und war ins Geschäft gegangen.

»Sollte sie vielleicht zu Hause bleiben?«, sagte Kusche etwas aufsässig, »dann hätten die Leute noch mehr geredet.«

Wir ließen uns die Adresse des Modegeschafts geben und fuhren gleich hin.

Grabert war eifrig, fuhr etwas zu schnell und sprach ununterbrochen.

»Walter«, sagte ich, »solltest du dich auf das Mädchen freuen?«

Er starrte mich an und gab dann zu: »Ja, Chef, ich merke tatsächlich, ich freue mich, dieses Mädchen wiederzusehen.«

Wir kamen vor dem Modegeschäft an und sahen Ilo Kusche im Schaufenster. Sie dekorierte, und es war nicht verwunderlich, daß die Leute langsamer an diesem Schaufenster vorbeigingen.

Ich sah Grabert an und grinste. Er merkte es und zuckte mit den Achseln.

»Sie müssen zugeben, Chef«, murmelte er, »daß sie zum Niederknien ist.«

Wir sprachen mit dem Geschäftsinhaber. Ein Mann von etwa fünfzig Jahren. Er hieß Barbosse. Der Mann war groß, schwer, ein bißchen weich in seinen Bewegungen, sein Gesicht gut gepflegt, gebräunt. Sein Haar war noch dunkel.

»Kriminalpolizei?« Er ging an das Schaufenster, aber Ilo Kusche hatte uns schon gesehen und stieg aus dem Schaufenster heraus.

Ich sah, wie Grabert sich räusperte und höflicher war, als er sonst zu sein pflegte. »Wir müssen uns noch einmal erkundigen, Fräulein Kusche«, sagte Grabert.

»Ja, bitte«, erwiderte sie, und wieder wunderte mich, wie dünn ihre Stimme war.

Grabert fragte nach allen Regeln der Kunst. Er suchte den zweiten Mann in der Geschichte, den Eifersüchtigen. Im Hintergrund stand Barbosse und hörte zu. Er rauchte. Er trug einen geschmackvollen Ring; der Mann war gebildet und hatte Manieren, das merkte man sofort.

»Ja«, sagte Barbosse, »nichts gegen Fräulein Kusche. Ein Mädchen, das so aussieht wie sie, hat eine Menge Verehrer.« Er lachte leise auf. »Was meinen Sie, wie oft sie hier nach Geschäftsschluß abgeholt wurde. Sie saßen wie Hunde vor der Tür.«

Ilo hörte ihm stumm zu.

Aber auch Barbosse sagte, ihm sei nicht aufgefallen, daß sich jemand merkwürdig benommen habe.

Während wir noch redeten, ging die Tür auf, und eine Dame kam herein. Sie war schlank und geschmackvoll gekleidet. Sie war schon über vierzig, aber sie wirkte noch jugendlich.

»Meine Frau«, sagte Barbosse.

Frau Barbosse überflog uns. Ihr Blick blieb an Ilo Kusche hängen. »Ist sie nicht nach Hause gegangen?« fragte sie und setzte hinzu: »Nachdem man ihren Freund erschlagen hat.«

Grabert hob den Kopf: »Woher wissen Sie das?«

»Stimmt es denn?« fragte die Frau.

»Ja, es stimmt«, sagte Grabert.

»Eine merkwürdige Geschichte«, sagte Frau Barbosse. »Ich wurde heute morgen angerufen. Ein Mann sagte: Hansi Stolte ist tot. Er wurde gestern nacht vor seiner Haustür ermordet. Ich fragte: Wer ist denn am Apparat? Aber der Mann nannte seinen Namen nicht und legte auf.«

Ich sah, wie Graberts Phantasie arbeitete. Er sah Frau Barbosse nachdenklich an. Mit erhobenem Blick stand sie ruhig da und beherrschte die Szene. Eine großartige Frau, dachte ich. Eine Dame bis in die Fingerspitzen.

Grabert stellte einige Fragen, aber Frau Barbosse konnte diesen Anruf nicht erklären. »Wußten Sie, wer Hansi Stolte ist?« fragte er schließlich.

Frau Barbosse nickte, sie habe den Namen öfter gehört im Zusammenhang mit der Verkäuferin Ilo Kusche.

»Was halten Sie von diesem Anruf?« fragte Grabert Barbosse, aber der sagte achselzuckend: »Etwas mysteriös und möglicherweise weniger wichtig, als wir jetzt annehmen.«

Grabert ärgerte sich, daß ihm jemand vorzuschreiben schien, für wie wichtig er etwas halten solle, aber Barbosse sah ihn freundlich und aufmerksam an. Ich dachte, die Barbosses sind höfliche Menschen. Sie haben Kultur. Ilo Kusche stand wie eine exotische Pflanze da, sonderbar schön, stumm, unbegreifbar.

Wir mußten uns schließlich verabschieden.

Kaum hatten wir den Laden verlassen, fing Grabert gleich zu mutmaßen an: »Frau Barbosse hat uns zwei Sachen verschwiegen. Sie weiß, wer der Anrufer war, und sie weiß, was dieser Anruf bezwecken sollte. Ist meine Vermutung völlig falsch?«

»Nein, Walter«, entgegnete ich und fragte weiter: »Wie gefällt dir Frau Barbosse?«

»Gut, gut angezogen. Die Frau hat Verstand.« Aber mehr sagte er nicht. Frau Barbosse war für ihn nicht interessant. Interessant war Ilo Kusche, immer wieder kam er auf sie zurück.

»Wir werden es schwer haben, Chef«, sagte er. »Die ist doch von den Männern verfolgt worden.«

»Würdest du sie auch verfolgen?« grinste ich. Er sah mich ernsthaft an und sagte: »Ich weißt nicht, vielleicht mag sie Polizisten nicht.«

Plötzlich begriff ich: Grabert meinte es ernst. Er fragte sich tatsächlich, ob er Chancen bei ihr haben würde.

Ich sagte leise: »Siehst du nicht, Walter, daß dieses Mädchen gänzlich dumm ist? Sie hat einen völlig leeren Kopf.«

Er starrte mich an. »Was, wieso denn? Sie spricht nicht viel; sie ist jung; sie ist nicht gewandt genug; sie kann sich nicht ausdrücken. Das liegt an ihrer Herkunft. Sie haben doch die Eltern gesehen, das sind doch Proleten.«

Himmel, dachte ich, er sieht es wirklich nicht.

Wir suchten Lisa Stolte auf. Wir fanden sie in der Küche. Sie sortierte Schubfächer; bündelweise lagen Papiere, Urkunden, Zeugnisse, Briefe auf dem Tisch herum.

»Er ist tot«, sagte Lisa Stolte dumpf, »und ich kümmere mich um seinen Nachlaß. Alles Dinge, die beweisen, daß er gelebt hat und wie er gelebt hat. Wollen Sie seine Zeugnisse sehen? Man bescheinigt ihm Fleiß und überdurchschnittliches Können. Aber er hatte keinen überdurchschnittlichen Kopf. Sonst wäre er nicht auf dieses Mädchen hereingefallen.«

Sie machte eine resignierte Handbewegung, die zugleich ihre tiefe Trauer ausdrückte. »Hier ist ein Brief, den er an Ilo Kusche geschrieben, aber nicht abgeschickt hat.« Sie griff den Briefbogen mit harter Hand und las vor: »Es ist, als hätte ich plötzlich Flügel bekommen«. Sie sah auf, lachte verächtlich: »Was für Flügel meint er denn? Ist er sich wie ein Vogel vorgekommen oder was?« Sie las weiter: »Ich weiß, daß es die Liebe ist. Ich erfahre endlich wie sie ist. Sie ist es. Es ist Liebe.« Wieder hob die Frau den Kopf: »Was ist in den Jungen gefahren? Können Sie so etwas begreifen?«

Harry nahm mich beiseite. »So geht das schon den ganzen Tag mit ihr. Der Haß dieser Frau ist unermeßlich.«

Bigge kam herauf und blieb bescheiden an der Tür stehen. Lisa Stolte sah ihn an, und ihre Aufgeregtheit wandte sich ihm zu: »Komm her, Bigge«, sagte sie, »hat dich die Ilo Kusche auch in einen Vogel verwandelt? Was hast du für Füße? Schwebst du auch?«

Bigge starrte die Frau erschrocken an.

»Ist sie nicht auch mit dir ausgegangen? War sie nicht auch mit dir tanzen?«

»Ja«, murmelte Bigge, »aber das ist schon eine Weile her. Da kannte sie Hansi noch nicht.«

Ich weiß nicht, warum ich mir den jungen Mann plötzlich genauer ansah. Ich fragte ihn: »Wo waren Sie gestern abend?«

Er starrte mich an und konnte kaum noch atmen.

»Warum fragen Sie mich, wo ich gestern abend war?« flüsterte er. Ich hatte plötzlich ein schlechtes Gewissen. Es ist nicht richtig, den Jungen zu erschrecken, warf ich mir selber vor.

Bigge antwortete: »Ich war aus. Ich war im Café Leisinger.«

Grabert sah mich verdutzt an.

Er sagte: »Das ist doch das Tanzlokal, in dem auch Hansi Stolte und Ilo Kusche gestern abend waren.«

»Ja, ich habe gehört«, murmelte Bigge, »daß sie da waren, aber ich habe sie nicht gesehen. Das Café ist immer sehr voll.«

Jetzt wurde der Mann doch interessant für mich.

Er stand immer noch bleich, zitterte ein bißchen und zwinkerte vor Anstrengung mit den Augen.

Grabert stellte ihm einige Fragen, aber Bigge konnte zur Sache nichts beitragen. Er habe Hansi Stolte nicht gesehen.

Warum sah mich der junge Mann an? Ich spürte förmlich seine Unruhe, seine verborgene Spannung. Er hatte nur ein geringes Selbstvertrauen, das war mir von Anfang an klar gewesen. Es gibt Leute, die zum Mißerfolg verurteilt sind, einfach weil sie kein Selbstbewußtsein haben. Sie stehen vor der

Tatsache Leben sozusagen in gekrümmter Haltung. Immer in Erwartung, nie in Aktion. Bigge war farblos. Ich durfte seine Haltung, seine dumpfe Erwartung nicht überbewerten.

»Wo wohnen Sie?« fragte ich ihn schließlich.

Lisa Stolte sagte: »Er wohnt gegenüber.«

»Ja«, antwortete Bigge, »ich wohne gegenüber.«

Ich fragte: »Geht Ihr Zimmer zur Straße raus?«

»Ja«, antwortete Bigge, »es geht zur Straße raus.«

»Haben Sie denn gestern nacht nicht gehört, was da passiert ist?«

»Doch. Ich wurde wach, als ich die Polizeisirenen hörte.«

Er sah mich mit blutleeren Lippen an, sein Blick flatterte. Armes Kerlchen, dachte ich, er hat kein Selbstvertrauen, und er sieht sich von Gefahren umgeben. Er provoziert es geradezu, daß man ihn schlecht behandelt.

Wir verließen die Wohnung wieder. Grabert vergaß Bigge nicht.

»Chef«, sagte er, »der Mann war bleich wie die Wand.«

»Ja«, erwiderte ich, »er ist der Typ, der bei jeder Gelegenheit bleich wie die Wand wird. Ich glaube nicht, daß es was zu bedeuten hat.«

Wir gingen noch einmal zu Kusche hinüber.

Der Mann öffnete uns. Er war Hausmeister und ging keiner anderen Tätigkeit mehr nach.

»Was wollen Sie denn noch?« flüsterte er.

»Warum sprechen Sie so leise?« wollte Grabert wissen.

»Ilo ist zu Hause«, sagte Kusche, »ihr Chef hat sie nach Hause geschickt. Sie ist doch sehr mitgenommen. Ich habe gesagt, sie soll sich schlafen legen.«

Der Mann ging auf Zehenspitzen und bedeutete uns, leise zu sein, als habe man auf einen Schwerkranken Rücksicht zu nehmen. Selbst als wir schließlich in der Küche waren, sprach er nicht lauter. Himmel, dachte ich, dieser Mann liebt seine Tochter abgöttisch. Wahrscheinlich hält er es für das Wunder seines Lebens, eine Tochter zu haben, die das besitzt, was an ihm selbst vorübergegangen ist: alle Schönheit dieses Lebens.

Grabert fragte noch einmal nach den Verehrern Ilos.

»Ja«, sagte Kusche, »sie hat eine Menge. Was meinen Sie, was hier manchmal los ist. Der eine klingelt an der Tür, der andere klopft an das Fenster, Telegramme kriegt sie, Blumen werden abgegeben. Wissen Sie, daß einmal ein Herr an der Tür stand und sagte: ›Sind Sie der Vater von Ilo?‹ Ich sagte: Ja, der bin ich. Wissen Sie, was der Herr tat? Er sah mich an und sagte: ›Sie sind zu beneiden.‹«

Kusche starrte uns an und kicherte fast: »Mehr wollte der Mann nicht. Sie sind zu beneiden, sagte er.«

Von Kusche war nichts mehr zu erfahren, deshalb verließen wir ihn.

Kaum waren wir auf der Straße, als Barbosse erschien.

Der Mann ging auf das Haus zu, erkannte uns und blieb erschrocken stehen.

Das sind Augenblicke, auf die ich warte. Wenn ganz plötzlich etwas passiert. Eine Kleinigkeit, die etwas sichtbar macht.

Plötzlich waren Herrn Barbosses Gefühle deutlich zu erkennen.

»Nanu«, sagte ich, »Herr Barbosse.«

»Herr Kommissar«, sagte er leise und zog seinen Atem hoch.

»Ich wollte mal nach Fräulein Kusche sehen. Wie es ihr geht.«

»Sie schläft«, entgegnete Grabert.
»Hat sie sich hingelegt?« fragte Barbosse leise. »Gut, sehr gut.« Er zögerte.
»Gehen Sie nur hinein«, erwiderte ich.
»Ja«, murmelte Barbosse, nickte, sagte noch einmal »Ja« und ging in das Haus.
»Chef«, sagte Grabert, »was will denn Barbosse hier?«
»Du hast es doch gehört. Er will sehen, wie es Ilo geht.«
»Ob da mehr dahintersteckt?« murmelte Grabert. »Hat er ein Verhältnis mit ihr?«
Ich grinste. »Weißt du, wie sich das anhört, Walter? Als ob du eifersüchtig bist.«
»Nein, nein«, sagte er, »aber dieses Mädchen arbeitet bei ihm. Kann doch sehr gut sein, daß er sie belästigt hat. Finden Sie nicht?«

Wir gingen langsam die Straße hinunter und standen schließlich vor der Haustür, vor der der Mord begangen wurde.

Ich stand dort und blickte zu Boden. Es ist so schwer, sich eine Situation zu vergegenwärtigen, die vorbei ist. Das helle Licht des Tages macht die Vorgänge einer Nacht unglaubhaft. Ich blickte mich um und stellte mir die Nacht vor, die Einsamkeit der Straße. Ich hob den Blick, sah die Fenster an und stellte mir abermals die Nacht vor, die kalte Blindheit all dieser Fenster. Und plötzlich sagte ich: »Wo wohnt Bigge, Walter?«

Wir gingen auf die andere Straßenseite hinüber, suchten unter den Türschildern nach dem Namen Bigge und gingen schließlich in den zweiten Stock hinauf. Und klopften und klingelten. Bigge wohnte zur Untermiete bei Richter. Ein Mann öffnete die Tür. Der Mann war an die siebzig Jahre und schien sich nur schwer bewegen zu können. Er sah uns an und sagte sofort:

»Polizei. Kommen Sie herein.«

Er ließ uns eintreten. »Ich habe Sie erwartet«, sagte der alte Mann. »Wann werden Sie heraufkommen, dachte ich, und einen Mörder abholen?«

Grabert sah mich an. »Was sagen Sie da?« entgegnete er überrascht.

»Kommen Sie mit«, sagte der Mann und schlurfte uns über den Flur voraus.

Er bewegte sich wie ein Kind, das Lokomotive spielt. Er schien die Knie nicht beugen zu können. »Wenn ich laufen könnte, hätte ich Sie schon geholt.«

Er stieß eine Tür auf. »Bitte, das ist sein Zimmer; das ist Bigges Zimmer.«

Wir gingen hinein. Es war ein typisches möbliertes Zimmer, dessen Unpersönlichkeit unüberwindbar schien. Der alte Mann ging ohne zu überlegen an das Fenster und öffnete es. Er schwenkte den Fensterflügel hin und her, sah uns an und sagte: »Hören Sie das?«

»Was sollen wir hören?« fragte Grabert vorsichtig.

»Es quietscht. Dieser Fensterflügel quietscht.«

»Ja, das höre ich«, sagte Grabert.

Der Mann sah uns an. »Ich höre immer, wenn das Fenster aufgemacht wird. Ich schlafe nebenan, höre die Fensterflügel quietschen und weiß: Jetzt guckt er wieder hinunter, jetzt beobachtet er wieder, jetzt wartet er wieder, bis sie nach Hause kommen, der Stolte und Ilo Kusche.«

Es verschlug Grabert den Atem, und auch ich dachte: Jetzt endlich fließt es.

»Was war gestern abend?« fragte Grabert.

Der Mann nickte und sah uns mit düsterer Befriedigung an. »Ich hörte, wie Bigge nach Hause kam. Er ging gleich an das Fenster. Ich hörte es. Fenster auf, Fenster zu. Na, dachte ich, den hat's aber gepackt heute. Fenster auf, Fenster zu. Dann plötzlich höre ich, daß er weggeht. Er geht noch mal weg. Er ist nie noch mal runtergegangen. Und kurze Zeit später höre ich die Schreie auf der Straße. Ich raus aus dem Bett und mich ans Fenster geschleppt, was mir große Mühe macht. Ich sah nur noch den Hansi Stolte auf der Erde liegen.« Er machte eine Pause, genoß unser Schweigen und sagte:

»Um drei Uhr nachts kam Bigge wieder rein, schlich sich wie ein Hund rein und kein Fenster quietschte mehr.«

»Danke«, sagte ich, »danke.«

»Er ist der Mörder«, sagte der alte Mann.

Wir gingen.

Grabert holte Luft. »Was sagen Sie dazu Chef?« fragte er aufgeregt. »Bigge, Bigge war es. Wir nehmen ihn fest?«

Ich schwankte, ich wußte nicht genau Bescheid. Nur jetzt keinen Fehler machen, dachte ich. Nichts ist schlimmer als zu früh zu verhaften.

Wir gingen in die Schneiderwerkstatt.

»Bigge«, sagte Lisa Stolte düster, »der hat plötzlich alles hingeschmissen und ist weggegangen.«

Grabert sah sie wie elektrisiert an: »Weggegangen? Wohin ist er gegangen?«

»Wohin?« Lisa Stolte lachte düster auf. »Da fragen Sie noch, wohin? Alle Hunde laufen der Hündin nach.«

Grabert stieß seinen Atem aus und blickte mich an.

»Los«, sagte ich.

Wir gingen nochmal zu Kusche hinüber. Er öffnete die Tür und starrte uns an wie jemand, der seinen Atem sparen muß.

»Wo ist Ihre Tochter?« fragte Grabert.

Kusche murmelte: »Sie ist weg. Sie ist weggegangen.« Er flüsterte: »Bigge hat sie abgeholt. Sie sind zusammen weggegangen.«

Ich dachte: Was, um Himmelswillen, bedeutet das? Warum sieht mich dieser Mann so sonderbar an? Hat er Angst? Wovor? Vor mir? Oder – vor Bigge? Plötzlich fragte ich: »Was wollte denn der Herr Barbosse hier?«

Kusche zögerte, dann sagte er heftig: »Sich nach Ilos Befinden erkundigen.«

Es war wie ein Schrei: »Das ist ein großartiger Mann, der Herr Barbosse, ein Ehrenmann. Der Mann ist hochgebildet, der hat Manieren. Er ist hergekommen, weil er wirklich hervorragende Manieren hat.«

Kusche verlor seinen Atem, er kam mit seinem Atem nicht aus, seine Stimme versagte.

Ich starrte ihn an. Ich spürte, der entscheidende Augenblick war gekommen. Ich mußte wissen, was ich von diesem Augenblick halten sollte. Ich stand, und Grabert sah mir meine Anstrengung an. Es gibt jedesmal bei einem Fall ein paar Augenblicke, wo mir unvermittelt der Schweiß ausbricht.

Dies war so ein Augenblick.

»In Ordnung«, sagte ich leise, »es ist gut, Herr Kusche.«

Ich wandte mich ab, und ich wußte plötzlich: Barbosse hat ein Verhältnis mit Ilo Kusche. Und der Vater weiß es. Und jetzt ist Bigge gekommen, und Kusche läßt seine Tochter aufstehen, die Tochter, die er liebt, und läßt sie mit einem Mann weggehen, den er sicher nicht liebt. Warum?

Diese Frage war es, die mir den ersten leichten Schweiß ausbrechen ließ.

Wir gingen wieder auf die Straße zurück.

»Was machen wir, Chef?« fragte Grabert. »Wollen wir Bigge suchen? Wozu hat er Ilo abgeholt? Gehen sie spazieren?«

Ich sah Bigge vor mir, den schüchternen Menschen, den Mann mit dem Hundeblick. Und jetzt ging er an der Seite eines Mädchens, nach dem sich jeder umsah.

»Was wir machen?« wiederholte ich. »Wir werden einmal mit Frau Barbosse sprechen.«

Grabert hatte dies am wenigsten erwartet, und ich bin sicher, er sah die Notwendigkeit dazu auch nicht ein. Er war sicher der Meinung, daß ich an den Ereignissen vorbeidenke.

Aber er tat mir Gott sei Dank den Gefallen. Zuerst besorgte er die Adresse der Barbosses, dann telefonierte er und kündigte unseren Besuch an.

Eine halbe Stunde später ließ uns Frau Barbosse eintreten.

Mein erster Eindruck, den ich von dieser Frau gewonnen hatte, verstärkte sich: Eine Dame, gepflegt, beherrscht bis in die Fingerspitzen. Ich habe immer eine Schwäche für Menschen gehabt, die sich beherrschen können. Mein Beruf hat zu oft mit Menschen zu tun, die eben dies nicht können und sich durch Maßlosigkeit über alle Grenzen des Geschmacks und der Moral hinwegtragen lassen.

Ich ging aufs Ganze: »Verzeihen Sie«, sagte ich, »wenn ich ganz offen bin. Es ist uns bekannt, daß Ihr Mann ein Verhältnis mit seiner Verkäuferin hat, mit Ilo Kusche.«

Ich gebe zu, ich genierte mich ein bißchen; es gefiel mir nicht, die Selbstbeherrschung dieser Frau auf die Probe zu stellen.

Sie sah mich an und murmelte: »Sie wissen es?«

»Ja«, sagte ich, »ich weiß es.«

»Hat er es Ihnen gesagt?«

»Nein, er hat es mir nicht gesagt.«

Unablässig sah sie mich prüfend an:

»Es spielt keine Rolle, von wem Sie es wissen. Sie haben recht, er hat mit Ilo Kusche ein Verhältnis.«

Ich wußte, daß es sie viel Überwindung kostete, dies offen zuzugeben. Aber sie verlor ihre Beherrschung nicht, sie steckte sich eine Zigarette an und zitterte nicht dabei. Nur leichte Trauer war spürbar, ein Hauch trauriger Enttäuschung.

»Wo war Ihr Mann gestern abend gegen halb zwölf Uhr nachts?«

Sie begriff sofort, was diese Frage bedeutete. Sie atmete auf und schwieg.

»Er war nicht zu Hause?« fragte Grabert.

»Nein«, erwiderte Frau Barbosse leise, »er war nicht zu Hause.«

Wir verließen die Frau.

Grabert sagte: »Herrgott, Herr Kommissar, ich hätte Bigge verhaftet, sofort festgenommen. Und jetzt weiß ich nicht. War es denn Barbosse?«

Wir fanden Barbosse in seiner Boutique.

Er sah uns wie ein Mann entgegen, der auf alles gefaßt ist. Ich kenne die Haltung von Leuten, die sich plötzlich in ihr Schicksal ergeben.

Ich sagte: »Herr Barbosse, ich muß Sie unter dem Verdacht festnehmen, gestern abend Hansi Stolte ermordet zu haben.«

»Ich komme mit Ihnen«, sagte Barbosse leise.

Wir brachten ihn ins Büro.

Der Mann war wie eine angeschlagene Kanne Wasser. Er lief aus. Er sagte alles. Daß er Ilo Kusche liebe. Daß er die Scheidung eingeleitet habe. Daß seine Frau Schwierigkeiten gemacht habe.

»Sie wollte nicht einsehen, wie ernst es mir war. Sie sagte: Du denkst doch nicht im Ernst daran, dich mit diesem dummen Mädchen zusammenzutun.«

Barbosse sagte: »Ilo ist nicht klug, ich weiß es. Aber das hat mein Gefühl nicht beeinflußt. Ich wollte sie haben. Ich habe mit Kusche gesprochen. Kusche war einverstanden. Nur Ilo...« – Barbosse kam ins Schwanken, Flüstern – »Ilo war sich wohl nicht ganz sicher. Da war der Stolte, der sie nicht in Ruhe ließ. Und mit dem sie gestern abend zum Tanzen ging.«

Der Mann tat mir leid.

Er verlor seine Haltung, seine Persönlichkeit. Er wußte es wohl auch. Ich sah einen Menschen vor mir zerbrechen. Aber das ist ein Anblick, den ich oft erlebt habe.

»Ich war eifersüchtig. Ich ging zu Kusche hin. Ich sagte: Was treibt sie sich mit dem Stolte herum? Warum geht sie mit ihm tanzen? Ich will es nicht, ich kann es nicht ertragen. Auch Kusche war wütend. Als Ilo nach Hause kam, machte er ihr Vorwürfe, er schickte sie ins Bett und sagte: Jetzt nehmen wir uns den kleinen Stolte mal vor.«

Barbosse war kreidebleich und rang um seine Fassung.

»Ich war mit dem Wagen da, Kusche stieg ein, und wir fuhren Hansi Stolte nach. Er war gerade vor seiner Haustür angekommen.«

Barbosse richtete sich auf, sah mich an, raffte alle Festigkeit, deren er noch fähig war, zusammen und sagte: »Ein eifersüchtiger Mensch, Herr Kommissar, ist unzurechnungsfähig. Unzurechnungsfähig und ein Idiot. Ich war beides. Ich stieg aus dem Wagen und ging auf Hansi Stolte zu. Ich schlug auf ihn ein, mit bloßen Fäusten. Er stürzte zu Boden. Bis Kusche mir zurief: Genug, der hat jetzt genug. Dann fuhren wir los, zumal wir die Stimme einer Frau hinter der Haustür hörten.«

Barbosse sah mich an und flüsterte: »Ich schwöre Ihnen, Herr Kommissar, ich bin kein Totschläger, kein Boxer, kein Prügler. Ich habe ihn geschlagen, ja, aber ich kann ihn unmöglich dabei so verletzt haben, daß er daran gestorben ist.«

Reine Hilflosigkeit in der Stimme. Der Mann war auseinandergebrochen, er zeigte seine Gefühle, seine Verzweiflung hemmungslos. Er streckte seine Hände vor:

»Ich kann ihn damit nicht ermordet haben. Das sind nicht die Hände dafür. Die Kraft habe ich gar nicht.«

Ich wußte es. Irgendwie wußte ich es, daß der Fall nicht glatt verlaufen würde.

Ich fragte: »Wer hat Ihre Frau angerufen?«

»Bigge. Er sagte meiner Frau, er habe gesehen, wie ich Hansi Stolte erschlagen hätte.«

Gegen Abend fanden wir Bigge. Er hatte Ilo Kusche nach Hause gebracht. Bigge sah mich etwas atemlos an. »Sie wollen etwas von mir, Herr Kommissar?« fragte er.

»Ja«, sagte ich, »Sie haben eine Zeugenaussage unterschlagen.«

Bigge hob die Schultern.

»Na, Sie haben doch gesehen, wie Hansi Stolte umgebracht wurde«, fuhr ihn Grabert an, »habe ich Sie nicht gefragt, ob Sie etwas gesehen haben?«

Bigge hob die Schultern. Der Junge war sonderbar aufgeregt. Nicht aufgeregt, eigentlich mehr angeregt, er wirkte unnatürlich heiter, fast glücklich.

Ja, gab er zu, er habe gesehen, wie Barbosse Hansi Stolte getötet habe.

Ich hatte plötzlich ein dumpfes Gefühl. Als renne ich in eine Sackgasse, aus der ich nicht mehr herauskommen würde. Ich sah Barbosse vor mir, der beteuerte, nur mit seinen Händen zugeschlagen zu haben, während der Obduktionsbefund eindeutig bewies, daß Stoltes Schädel unter Gewalteinwirkung gebrochen war. Ich sah Bigge vor mir, mit hellen Augen, in denen ein leichtes Irresein aufglimmte. Bigge, der sagte: Er habe gesehen, daß Barbosse den Mord begangen habe.

Ich spürte plötzlich: Wenn Bigge dabei bleibt, ist Barbosse erledigt. Aber wem soll ich mehr glauben? Barbosse? Wer verdient es, daß man ihm glaubt? Doch diese Frage ist schon falsch. Man darf sie sich gar nicht stellen.

Ich ging auf und ab. Meine Leute waren alle versammelt und wurden Zeugen dieser sonderbaren Unterredung; denn es war eine sonderbare Unterredung, die ich mit diesem schüchternen, gedemütigten Bigge führte, der vielleicht gar nicht so schüchtern und demütig war.

»Bigge«, sagte ich, »Sie haben heute Ilo Kusche abgeholt. Wie haben Sie Kusche gezwungen, daß er zu seiner Tochter hinging und sagte: Steh' auf, geh mit Bigge weg. Bigge will, daß du mit ihm gehst.«

Er antwortete nicht.

»Bigge«, sagte ich, »ich muß nur Kusche fragen. Er wird es mir sagen. Aber er muß es mir nicht sagen, denn ich weiß es. Sie haben ihm gesagt: Ich kriege Ilo, ich will Ilo haben oder ich sage, daß Sie beide, Barbosse und Sie, Kusche, Hansi Stolte umgebracht haben.«

»Ja«, entgegnete Bigge einfach.

Mehr war aus ihm nicht herauszukriegen. Ich mußte ihn gehen lassen.

Meine Leute sahen mich an. »Wie sehen Sie die Sache, Chef?«

Ja, wie sah ich sie? Was war passiert? Bigge war am Fenster gewesen, hatte Hansi Stolte kommen sehen. Dann war er hinuntergegangen. Bei dieser Vorstellung verharrte jeder Gedanke: Er ist doch hinuntergegangen! Immer wieder sagte mir mein Verstand: Er ist doch hinuntergegangen. Er war nicht mehr oben. Er stand auf der Straße. Von dort aus hat er gesehen, wie Barbosse auf Stolte einschlug. Wie sie mit dem Wagen wegfuhren. Wie Hansi Stolte auf dem Boden lag.

Ich sah alles plötzlich vor mir. Die kalte, windige Nacht, die Straßenschlucht, Hansi Stolte auf dem Boden. Hatte er sich beim Hinfallen verletzt? So schlimm kann er sich nicht verletzt haben; der Befund sprach von einer kräftigen, bewußten, gewaltsamen Einwirkung.

Ich weiß nicht, wie lange ich stand und überlegte.

Ich muß es meinen Leuten danken, daß sie mich in solchen Momenten nicht stören, daß sie stumm wie Fische sind.

Ich stellte mir vor, wie Bigge herankam und sich zu Stolte hinunterbeugte. Der etwas benommen war, vielleicht sogar bewußtlos. Was hatte Bigge gemacht? Wozu war dieser Mann fähig, der in seinem Leben nie Glück gehabt hatte, der immer nur abseits stand: Fenster auf, Fenster zu, beobachten, von ferne sehen, beneiden. Was hat der Mann getan? Was konnte er tun?

Hat er Hansi Stoltes Kopf in beide Hände genommen und ihn, von Krampf geschüttelt, immer wieder auf den Boden geschlagen, heulend, wütend, der unendliche Haß des Schlechtweggekommenen, des Zurückgesetzten? Hat er Hansi Stolte auf diese Weise getötet?

Wenn er es getan hatte, würde ich es ihm nie beweisen können. Wenn er die Nerven hat, ein Geständnis zu verweigern, niemals würde ihm jemand diesen Mord nachweisen können.

Das war der zweite Moment während dieses Falles, in dem ich ins Schwitzen geriet. Mir war so heiß, als stünde ich in Flammen.

»In Ordnung«, sagte ich, »geht schlafen. Wir werden morgen weitersehen.«

Wir gingen auseinander, alle ein bißchen bedrückt und unzufrieden.

Wir sahen die Falle, in die wir geraten waren.

Ja, und jetzt kam das Schreckliche. Etwas, worauf niemand einen Einfluß hatte.

Wenn die Dinge so ungeheuer in Bewegung und menschliche Triebkräfte im Spiele sind, ist nichts vorhersehbar. Obwohl ich hätte wissen müssen, daß Kusche, der seine Tochter anbetete, niemals einen Mann wie Bigge akzeptieren würde, daß Kusche auf das tiefste gekränkt war. Jemand berührte sein Heiligtum, ein dreckiger Schneidergeselle berührte das Unberührbare, die Schönheit.

Als Bigge nach Hause ging und seinen Hausflur betrat, fiel Kusche über ihn her und erwürgte ihn. Ja, nur so konnte es gewesen sein.

Kusche hat Bigge in der Dunkelheit erwürgt. Ich bin sicher, er hat den Mörder erwürgt. Bigge war der Mörder, und ein leichter Schauder überfiel mich bei dem Gedanken, daß letzten Endes den Mörder nun doch sein Schicksal ereilt hatte.

Mörder im Fahrstuhl

Der Mann hieß Sidessen. Er war ein Angestellter, und er war es schon sehr lange, nahezu fünfundzwanzig Jahre lang. Das hatte ihn nüchtern gemacht, hatte seinen Charakter, seine Persönlichkeit abgeschliffen. Was er erlebt hatte, hatte ihn zu seiner eigenen Verwunderung zu einer Mittelpunktsfigur gemacht. Er genoß einen Zustand, den er wahrscheinlich zuletzt in seiner Jugend gekannt hatte, den Zustand abenteuerlicher Aufregung.

Sidessen hatte im Büro gesessen. Ein großes Büro. Ich zählte etwa acht Schreibtische. Sidessen besaß einen davon. Es war Büroschluß gewesen und alle waren weggegangen. Sidessen hatte auswärts eine Besprechung gehabt und kam, als die Kollegen schon gegangen waren. Er räumte seinen Schreibtisch auf. Er sah, daß der Chef noch da war. Er hörte ihn telefonieren. Er sah den Streifen Licht unter der Bürotür. Er erzählte:

»Plötzlich kam der Chef heraus und sah mich. Er war völlig verwundert. ›Nanu‹, sagte er, ›Sidessen? Warum sind Sie noch hier?‹ Ich dachte bei mir: Der Mann soll sich doch freuen, daß ein Angestellter nicht auf die Uhr schaut und gleich nach Hause geht, wenn Büroschluß ist; aber er freute sich gar nicht. Er war richtig aufgeregt und sagte: ›Na, nu gehen Sie.‹ Er blieb stehen, bis ich eingepackt hatte, ja, er hat mich sogar bis auf den Flur begleitet. Und jetzt kommt es, Herr Kommissar. Alberti, mein Chef, wurde plötzlich ganz unruhig. Er sagte: ›Macht es Ihnen was aus, Sidessen, wenn Sie die Treppe nehmen? Ich erwarte nämlich jemanden.‹ Ich sagte: ›Nein, Herr Alberti, was soll mir das ausmachen?‹ Inzwischen aber war der Fahrstuhl oben. Wissen Sie, was passierte? Alberti klopfte gegen die Fahrstuhltür und sagte: ›Bleiben Sie drin! Warten Sie noch!‹ Und zu mir sagte er ziemlich ruppig: ›Na, gehen Sie doch endlich!‹ Ich bin dann die Treppe runtergegangen. Du Affe, dachte ich, denkst du vielleicht, ich bin neugierig? Herr Kommissar, ich war natürlich ein bißchen neugierig. Auf der Straße unten wartete meine Frau im Wagen, ich hatte für sie ein paar Sachen von der Reinigung abgeholt, und das war das erste, wonach sie fragte, wo ich das Paket habe. Und ich sagte: ›Du, das habe ich oben gelassen.‹ Was sollte ich machen? Ich mußte nochmal rauf. Ich hab' natürlich überlegt: Soll ich oder soll ich nicht, aber dann habe ich mir gesagt: Was soll es? Und bin nochmal rauf.

Ich komm' also rein ins Büro, geh' an meinen Schreibtisch, nehme das Paket hoch, das ich vergessen hatte und seh' rüber zum Chefbüro. Die Tür steht halb offen, aber ich seh' nichts und hör' nichts. Das kam mir ein bißchen komisch vor. Ich geh' also langsam zur Tür hin und ruf': ›Herr Alberti?‹ Er sollte nicht glauben, daß ich versessen war darauf, rauszukriegen, wer ihn da besucht hat. Und ich hör' wieder nichts.

Da bin ich dann an die Tür hin und seh' rein. Den Schrecken können Sie sich natürlich vorstellen, den ich da plötzlich hatte. Ich seh' Alberti auf dem Boden liegen, geh hin und sag: ›Herr Alberti, was ist denn los?‹ Ich wollte ihm helfen und da seh' ich, daß er tot ist, und Blut seh' ich auch an seiner Jacke und geh' sofort zum Telefon.« An dieser Stelle machte Sidessen eine Pause. Er machte sie absichtlich. Er genoß sie. Er sah mich an, holte Luft und erzählte dann erst weiter. »Da hörte ich ein Geräusch. Es kam aus dem Raum, den ich gerade verlassen hatte. Da lief jemand, stieß im Laufen gegen einen Stuhl, rannte zur Tür hin und schmetterte sie zu. Sie können sich vorstellen, Herr Kommissar, wie mir zumute war. Das mußte der Mörder sein. Der Mörder war im Raum gewesen, in dem sich die Schreibtische befanden, ein großer unübersichtlicher Raum. Dort mußte sich der Mörder versteckt gehalten haben. Er hat mich reinkommen sehen, hat keinen Mucks gemacht, hat sich wahrscheinlich geduckt oder auf den Boden gelegt. Als ich rüberging ins Chefbüro, als ich Alberti fand, rannte der Mann los.«

Wieder machte Sidessen eine Pause und sah mich an. »Jetzt ich, Herr Kommissar! Ich steh' also da. Meine Gedanken jagen sich. Ich weiß nur eins, der Mörder! Der Mensch, der da rennt, das ist der Mörder.« Er atmete auf, wieder eine Pause. »Und dann ich hinterher. Renn' raus, renn' auf den Flur und seh' wie der Fahrstuhl runtergeht. Ich wußte, der Mörder ist da im Fahrstuhl. Ich dachte nur eins, Herr Kommissar: Der Mann darf mir nicht entwischen. Der Mann hat Alberti umgebracht. Ich renn' so schnell es geht die Treppe runter, und während ich runterlaufe, rufe ich schon. Ich ruf' den Hausmeister: ›Herr Frank‹, rufe ich, ›Herr Frank! Halten Sie den Fahrstuhl an! Da ist ein Mörder drin!‹ Ich hab' so laut geschrien, daß mich der Frank tatsächlich gehört hat. Aber auch der Mörder muß mich gehört haben. Er war nämlich inzwischen unten angekommen und traute sich nicht raus. Ich selber kam unten an, Frank steht da, und der Fahrstuhl bleibt zu. Ich klopfe gegen die Tür und ruf': ›Kommen Sie raus da!‹ Aber der kam nicht raus. Plötzlich geht der Fahrstuhl wieder. Ich sag': ›Frank, was ist los, geht der wieder hoch?‹ Er sagt: ›Nee, der geht in den Keller.‹ Ich sag': ›Wo geht's zum Keller?‹ Wir beide sofort in den Keller rein. Frank fragte, was denn los sei. Ich erzähl' ihm kurz, daß Alberti ermordet worden ist.

Da wird der Frank ganz blaß: ›Ja, was denn? Ist der Mann bewaffnet?‹ ›Natürlich‹, sag' ich ›ist der Kerl bewaffnet.‹ Da sagte Frank: ›Wollen wir nicht besser die Polizei holen?‹ Wir stehen also im Keller und horchen. Nichts. Kein Geräusch. Irgendwo muß der Mörder sein. Es ist ein großer Keller, Herr Kommissar. Viele Gänge. Und halbdunkel alles. Da wurde mir selber unheimlich. Ich ruf' so ins Dunkle rein: ›Kommen Sie raus da!‹ Plötzlich hör' ich, wie der Mann läuft. Ich sehe ihn nicht, aber ich höre ihn. Frank sagt: ›Der rennt zum Ausgang zurück.‹ Ich hinterher. Ich hör', wie der Kerl die Treppe hinaufläuft. In dem Moment, Herr Kommissar, war mir alles egal. Der Kerl hätte ja schießen können. Ich habe tatsächlich nicht daran gedacht, sondern renne rauf und komme in die Halle.«

Wieder machte Sidessen eine Pause und sah mich an. Er überließ es mir nicht, selbst festzustellen, was ich an seiner Aussage für bedeutsam halten wollte, er stieß mich sozusagen drauf. »Und jetzt kommt es: Ich bin in der Halle, aber ich sehe niemanden laufen. Ich denke: Ist der Kerl schon raus? Der kann doch noch nicht raus sein. Nur ein Mann steht da, dreht sich um und sagt: ›Guten Abend, Herr Sidessen. Ist mein Schwager noch oben?‹ Ich muß Ihnen sagen, Herr Kommissar, in dem Augenblick blieb mir die Luft weg. Da stand nämlich Brink. Brink ist der Schwager Albertis. Dreht sich also um und fragt, ob sein Schwager oben sei. Und ich halte meine Hand ins Feuer, Herr Kommissar: Der Mann atmete schnell, als ob er gelaufen sei. Ich bin überzeugt: Brink war es. Brink war im Fahrstuhl. Er tat so, als sei er gerade hereingekommen und fragte in aller Unschuld, ob sein Schwager noch oben sei. Aber er war der Mann im Keller.«

Ich hörte mir alles geduldig an, was Sidessen zu sagen hatte.

Ich war oben im Büro Albertis, ich sah Alberti auf dem Boden liegen. Alle Lichter waren an. Zusätzliche Scheinwerfer waren aufgestellt und rissen jedes Detail aus der Dunkelheit. Meine Leute nahmen die Spuren auf. Es herrschte die gewohnte Unruhe, Geschäftigkeit, wie immer wenn der Fall ganz frisch ist.

Alberti war erschossen worden, soviel war klar. Zwei Schüsse in die Brust. Wir hatten einen Zeugen, der gute, effektvolle Beschreibungen lieferte; aber er hatte den Mörder nicht gesehen. Er hatte ihn nur gehört. Und er hielt jemanden für den Mörder. Einen Mann, der in der Halle gestanden, sich umgesehen und gefragt hatte: ›Sidessen, ist mein Schwager noch oben?‹ Dieser Mann stand fünf Meter von mir entfernt und sah mich an. Ein Mann von fünfzig Jahren. Er stand nicht ganz aufrecht, sondern hielt sich etwas gebückt, sein Gesicht war grau, seine Augen beschattet, als hielte er den Blick nach innen gerichtet. Er wirkte höflich, nahezu beflissen. Er wirkte wie jemand, der unter keinen Umständen Aufsehen erregen will. Er hatte nun Aufsehen erregt, und es behagte ihm nicht. Man sah ihm Atemlosigkeit an.

Ich fragte Sidessen, ob er noch andere Gründe habe, Brink für den Mörder zu halten. Sidessen nahm mich beiseite und senkte seine Stimme: »Herr Kommissar«, sagte er, »Brink arbeitet bei uns, ist ein Angestellter, aber ein Mann, der zu nichts getaugt hat. Alberti, sein Schwager, hat ihn aus Gnade und Barmherzigkeit in die Firma genommen. Und vor drei Monaten hat er ihn rausgeworfen und gesagt: Bleib um Gotteswillen zu Hause, du kostest mich mehr Geld, wenn du arbeitest, als wenn du nichts tust.«

Brink stand in einiger Entfernung und sah zu uns herüber.

»Kommen Sie mal her«, sagte ich.

Brink kam heran, höflich, gehorsam. Mich ärgerte die Beflissenheit, mit der er es tat. Aber es war möglicherweise seine Art.

»Was sagen Sie zu dem, was Sidessen meint? Waren Sie der Mann im Keller?«

»Nein«, sagte Brink leise, »ich war es nicht. Ich habe meinen Schwager nicht umgebracht. Ich bin von der Straße hereingekommen, sah plötzlich Sidessen und fragte ihn, ob mein Schwager oben sei. Ich sah, daß er ganz aufgeregt war. Und hörte, was da Schreckliches passiert ist.«

Und er sah zu dem Toten hinüber, etwas stumpf, ohne besonderen Ausdruck, aber so als hielte er den Atem an.

Ich überlegte. Welchen Eindruck machte Brink auf mich? Warum war er so hilflos? War er es wirklich? War es seine Art?

Er wirkte tatsächlich wie ein Hund. So hilflos, so gehorsam. Hilflose und gehorsame Menschen üben auf andere Menschen immer einen unwiderstehlichen Reiz aus, sie so zu behandeln wie sie offenbar erwarten, behandelt zu werden.

Während ich noch überlegte, wie ich am besten vorgehe, klingelte das Telefon auf dem Schreibtisch Albertis. Heines hob ab, meldete sich und sah mich dann an: »Frau Alberti, Chef. Soll ich ihr sagen, was hier passiert ist?« Da meldete sich Sidessen: »Wenn Sie erlauben, werde ich es ihr sagen.«

Er übernahm den Hörer, und ich muß sagen, er entledigte sich dieser schweren Aufgabe ruhig, sehr ernst, sehr würdevoll. Er teilte Frau Alberti mit, daß ihr Mann das Opfer eines

Mordanschlags geworden sei. Beileidsbezeugungen folgten.

Sidessen legte auf: »Die arme Frau«, sagte er, »sie ist zu Tode erschrocken. Ich sollte ihr jetzt beistehen. Hätten Sie etwas dagegen, wenn ich zu ihr fahre? Es ist nicht weit von hier.«

»Nein, nein«, sagte ich, »fahren Sie nur.«

Ich ließ mir die Adresse Frau Albertis geben, und Sidessen verließ den Schauplatz des Mordes.

Brink hatte die ganze Zeit völlig ruhig auf seinem Platz gestanden, so als atme er kaum.

Heines und Grabert verhörten ihn eine Stunde lang. Der Mann wurde immer bleicher, aber mit aller gehorsamen Festigkeit beteuerte er immer wieder, daß er seinen Schwager nicht umgebracht habe.

Heines nahm mich beiseite: »Chef, der Mann war im Keller. Der Mann war im Fahrstuhl. Der Mann ist der Mörder, ich bin ganz sicher.«

»Das heißt nichts«, sagte ich, »daß du ganz sicher bist. Er muß gestehen, oder wir müssen es ihm nachweisen.«

Ich hatte im Büro Albertis einen Schrank geöffnet und dort Anzüge, Hemden und Schuhe gesehen. Alberti pflegte sich offenbar manchmal im Büro umzuziehen, ein Theater oder die Oper aufzusuchen.

»Passen Ihnen die Sachen Ihres Schwagers?« fragte ich Brink.

Der Mann sah mich hilflos an.

»Ich weiß nicht«, antwortete er, »kann sein. Warum fragen Sie?«

»Ich veranlaßte Brink, seinen Anzug abzulegen und seine Schuhe auszuziehen. »Warum?« fragte Brink atemlos.

Heines sagte rauh: »Wir werden Ihre Schuhe und Ihren

Anzug auf Kellerstaub untersuchen. Wir werden nachweisen können, ob Sie in diesem Keller waren oder nicht.«

Brink zog den schwarzen Anzug seines Schwagers an.

Ich beobachtete ihn genau. Der Mann war alles andere als unempfindlich, und ich versuchte seine Gefühle zu ergründen, als er die Kleidungsstücke des Toten anzog.

Er war vielleicht noch eine Spur bleicher, aber er sagte nichts, stand schließlich da und wagte kaum zu atmen. Ich hatte den Eindruck, als brenne ihm die Haut unter dem Stoff dieses Anzugs. Er stand mit gesenktem Kopf, als wolle er sagen: Was jetzt? Was jetzt noch?

Ich sagte: »Und nun gehen wir zu Frau Alberti.«

Der Mann hob schnell und erschrocken den Kopf. Endlich wurde seine Stimme lauter. Es war, als breche seine Gehorsamkeit auseinander: »Nein«, sagte er, »was soll ich dort? Sie wird mich nicht sehen wollen. Ich kann mir nicht vorstellen, daß sie mich sehen will.« Dann brach seine Stimme ab. Willenlos ging er mit mir die Treppe hinunter.

Grabert und Heines arbeiteten weiter. Sie hatten wahrscheinlich noch die ganze Nacht zu tun.

Ich fuhr allein mit Brink zu Frau Alberti. Brink saß neben mir, ohne ein Wort zu sagen. Wenn das ein Mörder ist, dachte ich, dann haben wir es mit einem sehr sanften Mörder zu tun. Aber ich habe schon manchen Mörder nach der Tat sehr sanft und sehr hilflos gesehen.

Alberti wohnte in einem Villenvorort. Das Haus war erleuchtet. Die Außenlampen brannten. Sidessens Wagen stand vor der Tür. Sidessen öffnete uns die Tür und sah den Kommissar an: »Mein Gott, Herr Kommissar«, sagte er leise, »ich habe selten einen so verzweifelten, so verstörten Menschen gesehen.« Dann sah Sidessen auf Brink und fragte: »Wollen Sie den Mann tatsächlich mit hineinnehmen? Ich habe Frau Alberti alles gesagt, ich habe ihr gesagt, daß ich Brink für den Mörder halte.«

»Ja«, sagte ich, »kommen Sie, Brink.«

Wir betraten das Haus. Brink war ganz stumm, hielt den Blick gesenkt und schien kaum richtig aufzutreten.

Frau Alberti war eine noch junge Frau. Etwa Mitte dreißig. Sie war schlank und gut gebaut. Ihr Gesicht war schön, apart, wenngleich schneeweiß in diesem Augenblick. Mir blieb ein bißchen der Atem stehen. Ich hatte lange keine so schöne, so interessante, so anziehende Frau gesehen.

Sie wirkte in der Tat erschüttert und völlig aus dem Gleichgewicht gebracht. Sie beherrschte sich großartig, aber manchmal konnte sie das Zittern ihrer Hände nicht unterdrücken, und ihre Stimme schwankte ein wenig, eine angenehme, weiche, sehr modulationsfähige Stimme.

Frau Alberti sah Brink an. Auch Brink hatte den Blick erhoben. So standen sie beide eine ganze Weile.

Brink holte Atem, seine Stimme war brüchig und kaum zu gebrauchen. Er hatte sie so wenig in der Gewalt, daß man Mühe hatte, ihn zu verstehen. »Celia...«, sagte er leise, »Oh, Celia...«

Die Frau stand aufrecht und rührte sich kaum. Sie fragte: »Warst du es? Bist du es gewesen?«

»Nein«, sagte Brink leise, »ich war es nicht, Celia.«

Und jetzt weinte er. Er stand, ohne sich zu rühren; die Tränen flossen aus seinen Augen, ohne daß er die geringste Bewegung machte.

Sidessen war der einzige, der sich in dieser, für mich etwas unglaublichen Situation sicher bewegte. Er trat nach vorn und sagte:

»Sie werden diesem Mann doch nicht glauben. Ich habe eine Aussage gemacht, zu der ich stehe: Dies ist der Mann, der im Fahrstuhl war, der in den Keller flüchtete.«

Sidessen wurde mir plötzlich unangenehm. Er wirkte zu rechthaberisch, er machte sich zu wichtig. Er zerstörte die Dichte einer Situation, die mich beeindruckte.

»Geh«, sagte Celia Alberti zu Brink, »geh.«

»Warten Sie draußen auf mich«, sagte ich zu Brink. Brink ging gehorsam hinaus. Immer noch hob er nicht die Hand, seine Tränen abzuwischen. Es war, als habe er gar nicht bemerkt, daß er weinte.

Sidessen drehte nun richtig auf.

»Herr Kommissar«, sagte er fast vorwurfsvoll, »ich glaube nicht, daß es richtig war, diesen Mann mit hereinzubringen. Wenn Sie mich vorher gefragt hätten, hätte ich Ihnen auf das bestimmteste davon abgeraten. Sehen Sie, in welchem Zustand sich Frau Alberti befindet.«

Der Mann wurde mir immer unangenehmer. Er nutzte seine Situation. Er sagte: »Sie wissen einiges noch nicht, Herr Kommissar. Sie wissen nicht, wieviel Brink seinem Schwager verdankt. Ein völlig untüchtiger Mann, dieser Brink, der seinerzeit die Schwester Albertis wohl nur aus Berechnung geheiratet hat. Aus Mitleid hat Alberti diesem Mann eine Chance in seinem eigenen Betrieb gegeben. Niemand sonst hätte diesen Mann genommen. Brink hat seinen Schwager gehaßt.«

»Hören Sie auf«, rief Celia Alberti und fügte leise hinzu:

»Ich möchte nicht, daß Sie den Untersuchungen der Polizei vorgreifen.«

Zu mir gewandt, sagte Celia: »Mein Mann war ein sehr guter Geschäftsmann, sicherlich auch ein harter Kaufmann. Ich will sagen, es sind auch andere Mörder sehr gut denkbar.«

Sie setzte sich und schien plötzlich unansprechbar zu sein. Die Frau war am Ende ihrer Kraft, das sah man; daran bestand kein Zweifel.

Ich ging hinaus und traf draußen auf Brink, der regungslos neben einem Alleebaum stand, auf mich zutrat und sagte: »Was hat sie gesagt? Hat sie irgend etwas gesagt?«

»Nein«, sagte ich, »sie hält es für möglich, daß auch ein anderer der Mörder sein könnte.«

Er lachte auf. »Vielleicht soll ich noch ›Dankeschön‹ sagen, was?«

Er hatte plötzlich etwas Ironie in der Stimme, aber ich war sicher, daß es keine reine Ironie war, sondern nur eine besondere Art von Verzweiflung.

»Wohin jetzt?« wollte Brink wissen, »ins Gefängnis?«

»Nein«, sagte ich, »wo wohnen Sie?«

»Wollen Sie mich nach Hause bringen?« fragte Brink verdutzt.

»Ja«, antwortete ich, »ich möchte wissen, wo Sie wohnen und in was für Verhältnissen Sie sich befinden.«

Ich fuhr mit Brink zu seiner Wohnung. Sie lag im dritten Stock eines Mietshauses irgendwo beim Goetheplatz.

Wir stiegen aus, aber Brink zögerte plötzlich.

»Kann ich einmal telefonieren?« fragte er. Er machte eine Pause. »Ich möchte meinen Sohn verständigen. Er muß ja wissen, was passiert ist.« Brink riß die Wagentüre auf.

Ich fragte: »Wie alt ist Ihr Sohn?«

»Er ist dreiundzwanzig«, sagte Brink, »er ist Übersetzer. Er spricht sehr gut Französisch.«

Brink ging in eine Kneipe hinein und telefonierte. Ich war draußen geblieben und wartete.

Brink kam wieder heraus und murmelte: »Ich habe ihn nicht erreicht.«

Wir gingen in seine Wohnung hinauf.

Er schloß auf und machte Licht. Ich sah eine Drei-Zimmer-Wohnung, die einen etwas armseligen Eindruck machte.

»Meine Frau ist vor zehn Jahren gestorben«, sagte Brink, hob die Stimme und sah mich an: »Seine Schwester, Albertis Schwester. Wir haben uns sehr gut verstanden, wissen Sie. Es war eine sehr gute Ehe. Wenn Sie etwas anderes hören, dann stimmt es nicht. Es war Liebe zwischen uns, Liebe und Vertrauen.«

Der Mann stand aufrecht inmitten seiner armseligen Wohnung und hatte die Sätze mit großer Würde gesagt.

»Als meine Frau tot war, war ich ebenfalls gestorben. Für ihn, für Alberti.«

»Aber Alberti hat Sie doch beschäftigt«, entgegnete ich.

Brink lächelte schwach. »Ich habe mein Geld dafür bekommen, daß ich nicht gearbeitet habe. Er sagte: ›Tu mir einen Gefallen, Johannes, nimm das Geld, setz' dich von mir aus auch an einen Schreibtisch, aber, um Himmelswillen, arbeite nicht, das wird mir zu teuer!‹«

»Er hatte kein Vertrauen zu Ihnen?«

»Nein, das hatte er nicht. Er hat zu Sidessen gesagt: ›Verhindern Sie, daß der Mensch arbeitet. Er kann es nicht.‹«

Brink zuckte die Achseln und murmelte: »Es war seine Meinung, mit der er vielleicht nicht ganz unrecht hatte.«

»Hört sich nicht schön an«, sagte ich.

»Nein, was?« sagte Brink und fuhr fort: »Wissen Sie, er hat mir nie verziehen, daß ich seine Schwester geheiratet habe. Er hatte damals vergeblich versucht, das zu verhindern. Dafür hat er mich bis aufs Blut gequält, Herr Kommissar. Deswegen gab er mir die Stellung in seiner Firma. Er hatte mich immer in der Nähe, immer vor Augen, und er hatte immer Gelegenheit, mir alles heimzuzahlen, all die Jahre lang.«

Brink sah mich an und sagte leise: »Sie werden es von anderen hören. Warum soll ich es Ihnen also verschweigen? Der Mann hat mich gehaßt, und ich, Herr Kommissar, habe seinen Haß aushalten müssen.«

Wieder beeindruckte mich die plötzliche Würde in seinen Worten und in seiner Haltung.

Zugleich begriff ich wie nervös er war und entschloß mich, ihn von mir zu erlösen.

Ich bat ihn, sich zur Verfügung zu halten und ging.

Auf der Straße benutzte ich sofort das Telefon in meinem Wagen und ließ mir das Büro Alberti geben.

Grabert kam an den Apparat und berichtete von Fortschritten. Sie hatten eine Sekretärin Albertis ausfindig gemacht. Heines holte sie gerade her.

»Gut«, sagte ich, »ich komme zu euch, aber es dauert noch eine Weile.« Denn aus dem Wagen heraus hatte ich Brink gesehen, der soeben sein Haus verließ und davon eilte.

Ich sprach ihn an und sagte: »Wollen wir Ihren Sohn nicht gemeinsam suchen?«

Brink war erschrocken. »Sie sind noch nicht weg?«

»Nein«, sagte ich, »ich habe auf Sie gewartet.«

»Gewartet?« fragte Brink erstaunt.

Er behielt mich im Blick, etwas abwesend traurig, dann ging er einfach los, und ich hielt mich an seiner Seite.

Er ging in eine Kneipe hinein. Inzwischen war es schon ziemlich spät geworden; in der Kneipe waren nur noch wenige Gäste.

Ich sah, wie Brink stehenblieb und sich umschaute. Dann setzte er sich an einen Tisch, legte die Ellenbogen auf die Tischplatte und sah mich an. »Sie glauben mir nicht«, sagte er.

»Nein«, entgegnete ich.

Der Wirt brachte uns je ein Bier. Brink rührte es nicht an, sah vor sich hin und hob erst den Kopf mit einer leichten, aber jähen Bewegung, als ein junger Mann eintrat.

Ich wußte sofort, es war Brink junior.

Ein junger Mann kam langsam auf uns zu. Mein erster Eindruck war, daß ich selten einen so hübschen Jungen gesehen hatte. Sein Gesicht war schön, seine Haut weich und weiß. Er hatte Wimpern wie ein Mädchen, sein Haar war dicht und lang. Er wirkte nicht männlich, aber auch keineswegs unmännlich.

»Mein Sohn«, sagte Brink leise, richtete die Blicke auf den jungen Mann und stellte mich vor: »Das ist Kommissar Keller von der Kriminalpolizei.« Der junge Mann sagte höflich: »Guten Abend.« Dann setzte er sich zu uns an den Tisch.

»Weißt du schon?« fragte Brink.

»Ja«, antwortete der junge Mann, »ich war oben, ich habe deinen Zettel gefunden. Alberti ist tot. Es hat ihn jemand erschossen?«

»Ja«, sagte ich, »den Täter haben wir noch nicht.«

»Ich werde verdächtigt«, sagte Brink.
Der junge Mann hob den Kopf: »Du?«
Er war ganz unzweifelhaft erschrocken.
Brink wurde etwas lebhafter und begann zu erzählen. Er erzählte die ganze Geschichte mit dem Fahrstuhl und sagte schließlich, daß Sidessen der Meinung sei, er, Brink sei der Mann im Fahrstuhl gewesen.

Erwin Brink saß am Tisch und hörte ruhig zu. Er wirkte plötzlich genauso traurig und verloren wie sein Vater, er hob den Kopf und sah mich an: »Herr Kommissar«, sagte er, »was mein Vater da erzählt, ist verrückt. Unmöglich kann jemand so dumm sein und ihn verdächtigen, ausgerechnet ihn. Dazu ist mein Vater nicht fähig.«

»Vergiß nicht«, sagte Brink leise, »man wird erfahren wie sehr mich dieser Mann jahrelang auf eine so unglaubliche Weise gequält hat.«

»Aber du hast dich doch nie gewehrt«, sagte der junge Mann und wurde jetzt etwas hitziger und leidenschaftlicher, »hast du dich jemals gegen diesen Mann gewehrt?«

»Könnte ja sein«, setzte Brink fort, »daß ich es heute abend zum ersten Mal getan habe.«

Sie schauten sich gegenseitig an, warfen sich einen sonderbaren Blick zu, und ich dachte bei mir: Sie sind beide sehr rührend. Anormale Menschen sind für einen Kriminalisten eine leichte Sache, und ich war plötzlich sicher, daß ich den Fall würde lösen können, bevor die Nacht vorüber war.

»Können wir gehen«, bat Brink mit leiser Stimme, »ich bin tatsächlich am Ende meiner Kraft.«

»Gehen Sie schon vor«, sagte ich.

Erwin berührte den Ellbogen seines Vaters und half ihm.

Ich hatte das Gefühl einer sehr großen Zuneigung. Beide gingen langsam hinaus.

Ich ließ mir vom Wirt das Telefon geben und telefonierte mit Grabert, der sich immer noch im Büro Albertis aufhielt.

»Gut, daß sie anrufen«, sagte Grabert, »soeben haben wir den Laborbericht bekommen. Die Kalkspuren am Anzug Brinks sind identisch mit dem Kellerstaub hier im Bürohaus. Kein Zweifel, Chef, Brink war im Keller. Wenn er im Keller war, dann war er auch im Fahrstuhl. Und wenn er im Fahrstuhl war...«

Ich unterbrach ihn: »War er auch der Mörder?«

»Was denken Sie denn?« fragte Grabert einigermaßen verdutzt zurück. Ich legte auf und ging auf die Straße hinaus.

Ich sah Vater und Sohn beieinanderstehen. Der junge Mann sprach leidenschaftlich auf seinen Vater ein und brach sofort ab, als ich hinzutrat. »Wir wollen hinaufgehen«, sagte Erwin Brink. »Gehen Sie mit?« Brink sah mich ruhig an. »Natürlich geht er mit. Er wird mir nicht von der Seite weichen, bis er mein Geständnis hat. Habe ich recht?«

»Ja«, sagte ich lakonisch.

Wir gingen in die Wohnung hinauf.

Brink schloß auf, machte Licht und blieb hilflos stehen. Der junge Mann wandte sich gleich zu mir: »Ich wiederhole, Herr Kommissar, es ist ganz unsinnig, meinen Vater zu verdächtigen. Er ist absolut unfähig, einen Mord zu begehen. Es wäre ungefähr das Letzte, wozu er in diesem Leben fähig wäre.«

Er sagte dies fast mit Bitterkeit.

»Das kannst du nicht sagen«, wehrte sich Brink schwach, »alle Beleidigungen summieren sich, und man könnte schließlich etwas tun, was man selber kaum für möglich hält. Ich überlege einmal den Standpunkt, den der Kommissar einnehmen muß.«

Ich überlegte. Die Situation war sonderbar. Irgend etwas war in Bewegung, irgendein Gedanke schien im Raum zu sein.

Brink fuhr fort: »Er wird erfahren, Erwin, daß Alberti mich einmal sonntags ins Büro schickte. ›Ich erwarte einen Anruf‹, hatte er gesagt, ›es muß unbedingt jemand im Büro sein.‹ Ich verbrachte den ganzen Sonntag dort, ich wartete bis Montag morgen. Dann kam Alberti und sagte: ›Ach, dich habe ich ganz vergessen, die Sache hat sich ja erledigt.‹«

Das erzählte Brink, sah dabei seinen Sohn an und fügte mit leiser, sanfter Stimme hinzu: »Ich hätte ihn umbringen können.«

Erwin Brink lachte nur kurz auf und wandte sich zu mir: »Glauben Sie ihm nicht. Mein Vater ist jemand, der sich alles gefallen läßt. Er würde sich immer alles gefallen lassen. Bis an sein Lebensende.«

Während ich hier in der Wohnung Brinks saß und über zwei eigenartige Menschen nachdachte, hatten Grabert und Heines ein besonderes Erlebnis im Büro Albertis.

Sie hörten plötzlich den Fahrstuhl heraufkommen. Beide sahen sich an. »Nanu«, sagte Heines, »zwei Uhr nachts?«

Die Tür zum Büro ging auf, und Sidessen erschien mit Frau Alberti. Sidessen hatte anscheinend nicht damit gerechnet, daß noch Polizei im Büro war, er war einigermaßen überrascht.

»Ich bin mit Frau Alberti gekommen«, sagte Sidessen, »kann man ins Büro gehen? Möglicherweise gibt es dort persönliche Papiere, die jetzt, in dieser Situation, von Bedeutung sind.«

Frau Alberti sagte keinen Ton und stand ruhig daneben. Grabert erzählte mir später: »Ich hatte ja keine Ahnung, Chef. Kommt da plötzlich eine so attraktive Frau, und das ist Frau Alberti.«

Ich konnte mir seine Überraschung vorstellen. Grabert reagierte auf einen bestimmten Frauentyp, auf elegante, beherrschte, aparte, vornehme Frauen. Sie konnten Grabert aus dem Gleichgewicht bringen.

Heines war bedeutend nüchterner und fragte Sidessen, ob er tatsächlich jetzt und mitten in der Nacht den Schreibtisch nachsehen wolle.

Sidessen sagte: »Warum nicht? Frau Alberti hat mich soeben zum Geschäftsführer der Firma ernannt. Ich habe jetzt die Verantwortung für den normalen und ungestörten Ablauf der Geschäfte.«

Grabert hatte unentwegt Frau Alberti angesehen und sie schließlich gefragt, ob sie im Besitz eines Schreibtischschlüssels sei. Denn der Schreibtisch war verschlossen.

»Ja«, hatte Celia gesagt und einen Schlüssel hervorgeholt. Sie überließ den Schlüssel Grabert und fragte, ob die Ermittlungen schon etwas ergeben hätten. Dann hatte sie ziemlich unvermittelt angefangen, es für ausgeschlossen zu halten, daß ihr Schwager Brink der Mörder sein könne.

Sidessen und Frau Alberti gingen schließlich wieder, und Grabert und Heines fragten sich, was die beiden überhaupt gewollt hatten.

Ich hatte Grabert gesagt, wo ich zu finden sei. Ich saß mit Brink und seinem Sohn zusammen, als plötzlich das Telefon klingelte und Grabert mir erzählte, was gerade passiert war.

»Vielleicht können Sie sich einen Vers darauf machen,

Chef«, meinte Grabert und fügte hinzu: »Und jetzt noch ein Bonbon, Chef. Im Schreibtisch fand ich den Terminkalender Albertis. Und was meinen Sie, was da für die Zeit nach Büroschluß steht? Brink steht da und drei Ausrufungszeichen dahinter. Wollen Sie den Mann nicht endlich festnehmen?«

Ich legte auf.

Brink und sein Sohn sahen mich an.

»Gibt es etwas Neues?« wagte Brink zu fragen. Die Nerven dieses Mannes schienen völlig am Ende zu sein; nur mit äußerster Mühe hielt er sich noch aufrecht.

»Ich sehe, Herr Kommissar«, sagte Brink, »es hat keinen Sinn mehr, ich lege ein Geständnis ab.«

Erwin Brink machte eine jähe Bewegung: »Nein«, sagte er, »du kannst kein Geständnis ablegen, weil du es nicht warst.«

»Doch«, sagte Brink mit ziemlicher Festigkeit, »daß ich es war, ist logisch und richtig. Jedes Gericht wird mir einen gewissen Notstand zubilligen müssen.«

In diesem Augenblick läutete es an der Tür, und als Erwin Brink öffnete, kam Celia Alberti herein.

Sie erblickte mich, erschrak aber nicht, sondern sah zuerst den alten, dann den jungen Brink an.

»Du kommst zur richtigen Zeit«, sagte Erwin Brink, »mein Vater legt gerade ein Geständnis ab.«

Celia Alberti starrte ihn an und atmete auf; es war ein tiefer, langer Atemzug, dann fragte sie: »Warum tut er das?«

»Er ist ein Märtyrer«, sagte Erwin Brink. »Es ist einfach die Rolle, die ihm am besten liegt.«

Unvermittelt schrie Brink plötzlich seinen Sohn an: »Ich war es. Ich bin es leid, daß man sich über mich lustig macht. Selbst du tust es jetzt, selbst du!«

»Nein«, sagte Erwin Brink, ging auf seinen Vater zu, stand vor ihm, legte dem hilflosen Mann beide Arme um den Hals, um die Schultern, zog ihn heran und sagte: »Nein.«

Dann ließ er ihn los, schaute mich an und sagte: »Ich werde Ihnen erzählen, wie es war.«

»Nichts wirst du«, sagte Brink, aber seine Stimme hatte ihre unvermutete Festigkeit schon wieder verloren.

Erwin Brink kümmerte sich nicht um seinen Vater, sondern wandte sich an mich und sagte: »Heute nachmittag rief Alberti an. Er rief hier an. Er rief mich an. Er sagte: ›Komm her. Ich muß mit dir sprechen.‹«

Ich sah Celia an.

Sie stand im Zimmer, völlig regungslos. Ihr weißes Gesicht zeigte keinerlei Bewegung, nur den Ausdruck einer tiefen, allgemeinen Trauer.

»Mein Vater war dabei, als Alberti anrief. Er sagte: ›Du gehst nicht hin. Es hat keinen Sinn, diesen Mann zu besuchen. Was will er von dir? Er hat mich sein Leben lang gequält. Will er dasselbe jetzt mit dir tun? Ich will nicht, daß du hingehst.‹ Ich sagte: ›Ich will sehen, was er will.‹ ›Dann komme ich mit‹, sagte mein Vater. Ich sagte: ›Warum nicht?‹ Wir fuhren also beide zu Alberti. Beide betraten wir das Bürohaus. Beide fuhren wir im Fahrstuhl hoch.«

Ich steckte mir eine Zigarette an. Es gibt Fälle, wo man nur warten muß. Sie sind in Bewegung, die Gefühle suchen Auswege. Man muß nur rechtzeitig zur Stelle sein.

Erwin Brink sprach mit völlig ruhiger Stimme. Das Aussehen dieses Jungen trog. Hinter dem hübschen Äußeren verbargen sich Leidenschaft und Festigkeit.

Und Celia Alberti sagte immer noch nichts.

Erwin Brink fuhr fort: »Der Fahrstuhl kam oben an. Jemand klopfte an die Tür des Fahrstuhls, und wir hörten die Stimme Albertis: ›Komm nicht raus, Moment noch.‹ Erst dann ließ er uns aussteigen und fuhr gleich meinen Vater an: ›Was willst du hier? Dich will ich hier nicht sehen.‹«

Ich unterbrach Erwin Brink: »Was wollte Alberti von Ihnen? Weshalb bat er Sie zu kommen?«

Erwin Brink hob die Schultern und sagte langsam: »Er wollte über meinen Vater mit mir reden.«

»Was!?«, rief Brink dazwischen.

»Ja«, sagte Erwin Brink, »wahrscheinlich versuchte er tatsächlich, nun auch mich in seinen Privatkrieg mit meinem Vater hineinzuziehen.«

»Versuchte er es wirklich?« murmelte Brink.

Erwin Brink wandte sich mir zu: »Mein Vater weiß nichts. Er kann nichts sagen. Sie, Herr Kommissar, sind vollständig darauf angewiesen, was ich Ihnen sage, denn mein Vater blieb draußen, während ich mit Alberti ins Büro ging.«

»Stimmt das?« fragte ich Brink.

Der alte Mann konnte nichts mehr sagen. Seine Hilflosigkeit hatte einen Höhepunkt erreicht.

»Er ist kein Zeuge für das, was passierte«, sagte Erwin Brink und fuhr fast kühl fort: »Alberti sprach über meinen Vater mit mir, sprach in so abfälliger, beleidigender Weise über ihn, daß ich es nicht aushalten konnte. Ich erschoß ihn.«

Ich sah den jungen Mann an.

Es war plötzlich eine atemlose Stille im Raum. Ich sah von einem zum anderen. Celia rührte sich immer noch nicht. Brink konnte nichts sagen, ich glaube, seine Stimme hätte ihm nicht gehorcht.

»Wo hatten Sie denn die Pistole her?« fragte ich, »haben Sie sie mitgebracht? Hatten Sie von vornherein vor, Alberti zu erschießen?«

»Nein«, sagte Erwin Brink, »mein Onkel hatte die Pistole in seinem Schreibtisch. Ich wußte, daß er sie dort hatte. Es war eine Kleinigkeit, den Schreibtisch aufzuziehen und die Pistole herauszuholen.«

»Und zu feuern«, sagte ich.

»Und zu feuern«, wiederholte Erwin Brink ruhig.

Ich wandte mich an Brink: »Haben Sie den Schuß gehört?«

Sein Sohn antwortete: »Natürlich hat er ihn gehört. Er war erschrocken, wußte nicht, was er tun sollte; gleichzeitig kam der Fahrstuhl hoch und Sidessen trat herein. Auch ich hatte Sidessen gehört und mich hinter den Vorhang gestellt. Sidessen kam ins Büro, sah den Toten, wollte telefonieren und hörte in diesem Augenblick wie mein Vater hinausrannte. Sidessen lief ihm nach, verfolgte den Fahrstuhl. Sie kennen ja die Geschichte.«

Feierlich sagte Erwin Brink: »Das ist alles, was mein Vater mit der Sache zu tun hat. Mehr nicht. Bitte, Herr Kommissar, verhaften Sie mich. Ich habe ein Geständnis abgelegt.«

Ich blieb ganz ruhig, drehte mich nur langsam um und sah Celia Alberti an.

»Nein«, sagte Celia Alberti ruhig, »verhaften Sie ihn nicht. Er ist nicht der Mörder.«

»Celia«, rief der junge Mann hart.

»Er war es nicht«, sagte Celia, »er hat die Geschichte nicht vollständig erzählt. Er hat nur einen Teil davon erzählt.«

»Celia«, sagte der junge Mann wieder, »du solltest alles genau überlegen, was du jetzt sagst.«

»Ich habe es überlegt«, antwortete Celia, wandte sich wieder mir zu und sagte: »Mein Mann holte Erwin ins Büro. Aber er war nicht allein. Ich war ebenfalls dort.«

Sie machte eine Handbewegung gegen Erwin, der wieder etwas sagen wollte: »Laß mich.«

Sie holte tief Atem und sagte: »Sie haben meinen Mann nicht gekannt, Herr Kommissar. Er war nicht nur hart, ungerecht und grausam gegenüber seinem Schwager, er war es auch gegen mich. Ich habe keine sehr gute Ehe mit ihm geführt. Ich sage dies nicht zur Entschuldigung oder zur Erklärung dessen, was ich Ihnen jetzt weiter sagen muß. Es spielt keine Rolle für mich, was Sie oder irgend jemand darüber denkt. Ich habe ein Verhältnis mit Erwin Brink. Ich liebe ihn.«

Sie sagte dies völlig gelassen.

Ich sah Erwin Brink an. Der Junge stand regungslos. Sein Gesicht war plötzlich ausdruckslos.

Die Frau sprach weiter: »Irgend jemand hat meinem Mann einen anonymen Brief geschrieben und ihm gesagt, daß ich ein Verhältnis mit seinem Neffen habe. Das war der Grund, warum er Erwin zu sich gerufen hatte. Und das war der Grund, warum ich dabei war. Er fiel über Erwin her, er schlug ihn, würgte ihn, war blind vor Wut, er war dabei, ihn umzubringen. Ich erkannte plötzlich, daß er fähig war, einen Mord zu begehen, ja, daß er dabei war, es zu tun. Auch ich wußte, daß er eine Pistole in seinem Schreibtisch hatte. Ich habe sie herausgeholt, ich habe auf meinen Mann geschossen.«

Ihre Stimme hatte ihren Klang völlig verloren.

Ich wußte sofort, das war die Wahrheit. Die Wahrheit hat ihren eigenen Ton.

Schweigen.

Erwin Brink rührte sich nicht und blickte zu Boden.

Celia hatte den Kopf erhoben, wie jemand, der sich von einer Last befreit fühlt.

Ich sah Erwin Brink an.

Er sagte aufatmend: »Nun gut, Celia hat es gesagt. Ich wollte nicht, daß sie es sagt. Wenn es zu einer Verhandlung kommt, werde ich beschreiben, wie Alberti mich am Halse gepackt hatte. Ich verlor die Besinnung, er war tatsächlich dabei, mich zu erwürgen. Celia hat mir das Leben gerettet. Eine solche Aussage gilt doch etwas.«

»Ja«, sagte ich und fragte ihn langsam: »Haben Sie eine Ahnung, wer den anonymen Brief geschrieben haben könnte?«

Wieder Schweigen.

Und plötzlich war Erwin Brink ganz blaß, totenblaß. Und Celia sah ihn plötzlich an, und sie begriff plötzlich, wer den anonymen Brief geschrieben hatte. Sie begriff, daß der Haß, den Erwin Brink Alberti gegenüber empfand, noch größer gewesen war als seine Liebe zu ihr.

Es folgte Schweigen. Ein Schweigen von der Art, die tötet.

Die Schrecklichen

Englischer Garten. Frühmorgens. Die Wiesen waren feucht, Dunst lagerte sich in Nebelschwaden ab. Zwei Schulmädchen durchquerten den Park. Bis eines der Mädchen stehen blieb und neugierig die Böschung eines dunklen Wasserlaufes betrachtete. »Du, da liegt einer«, sagte das Mädchen.

Ein Mann lag ausgestreckt auf einer Wiese. Er schien tropfnaß zu sein. Er hatte die Arme nach vorn gelegt, als sei er auf das Gesicht gefallen.

»Schläft der da?« fragte das Mädchen.

Sie gingen über die Brücke, um den Mann von der Nähe anzusehen. Die beiden hatten noch nie einen Toten gesehen, aber sie brauchten nur eine Sekunde, um zu wissen: Das war ein Toter. So glanzlos war die Haut, so merkwürdig gespreizt die Finger, so sehr hatte sich die endgültige Leblosigkeit nach außen gekehrt.

Die Mädchen rannten davon und liefen zwei alten Männern in die Arme. Es waren Männer, wie man sie häufig im Park sah, Rentner, die umhergingen, ihre Schuhe durch den Staub zogen, mit Stöcken hantierten, sich auf Bänke setzten, redeten, schwiegen oder schliefen.

Die Mädchen zeigten auf den toten Mann im Gras hinüber und erschraken. Der Tote lag nicht mehr dort, wo er gelegen hatte, sondern halb im Gebüsch; er wurde offenbar von jemandem, den man nicht sah, noch tiefer ins Gebüsch gezogen.

Diese sonderbare Bewegung, das Nachschleifen der Beine, das nasse Gebüsch im faden Nebel – all dies ließ die Erregung der Mädchen, ihre entsetzte Phantasie gleichsam explodieren, sie schrien und rannten davon.

Als der Kommissar ins Büro kam, lag die Meldung auf seinem Tisch: Unbekannter Toter im Englischen Garten aufgefunden. Ertrunken. Beraubt.

Der Kommissar zog seinen Mantel gleich wieder an und ließ sich in den Park fahren.
 Die Wiesen waren inzwischen trockener geworden, der Nebel war verschwunden, aber der Himmel hing tief. Der Tag tat nichts, was man erfreulich hätte nennen können. Er brachte kalten Wind in eine graue Szenerie.
 Grabert und Heines waren beschäftigt. Die Beamten der Spurensicherung verrichteten ihre Arbeit, maßen, registrierten, fotografierten.
 Der Kommissar ging herum und hörte zu.
 Der Tote war ein kräftiger Mann von etwa fünfunddreißig Jahren. Er hatte keine Papiere bei sich, keine Brieftasche, kein Geld. Er war ertrunken, soviel schien sicher. Er zeigte keine äußere Verletzung.

Die Schulmädchen berichteten mit ihren dünnen, aufgeregten Stimmen.
 Ihre Erzählung wurde immer flüssiger, gekonnter. Der erste Tote in ihrem Leben hatte seinen Eindruck hinterlassen.

Geschleift, dachte der Kommissar, wer hat den Mann ins

Gebüsch geschleift? Mord? Unfall? Möglich war beides.

Er hatte sich angewöhnt, seine ersten Beobachtungen nicht mit übergroßer Genauigkeit anzustellen. Er wollte keine Details, er haßte Details, die sich zu früh ins Bewußtsein drängten. Er wollte den allgemeinen Eindruck, ein Toter auf einer Wiese, die Leere des Parks, die noch einsamen Spazierwege, Bänke, Papierkörbe.

Er sah drei alte Männer stehen, die sich auf ihre Stöcke stützten.

Sie sahen grau aus, ein bißchen leblos, unscheinbar. Man sah ihnen an, daß sie einen anderen Umgang mit der Zeit hatten.

Was hatten die Mädchen ausgesagt? Sie seien davongerannt und hätten ihre Beobachtung zwei alten Männern erzählt. Die waren also dagewesen.

Der Kommissar überlegte: So früh morgens?

Er erkundigte sich, wann die Mädchen den Toten gefunden hatten.

Es war um halb acht Uhr morgens gewesen.

Wann, um Himmelswillen, standen diese alten Leute auf, um spazieren zu gehen?

Der Kommissar überließ die übliche Arbeit seinen Assistenten und ging zu den alten Männern hinüber.

Sie veränderten ihre Stellung nicht. Sie sahen dem Kommissar entgegen und stützten sich dabei auf ihre Stöcke wie auf ein drittes Bein. Ihre Anzüge sahen brüchig, ungepflegt und fleckig aus. Die Männer waren nicht rasiert, ihre Haut war gelb und faltig.

Auf dem Weg ins Grab, dachte der Kommissar, und sie sind nahe davor.

Aber hinter der verdorrten Haut brannte noch ein kräftiges Leben. Sie zwinkerten und grinsten den Kommissar an; sie sprachen laut und kraftvoll, wenn auch unartikuliert. Sie gaben sich mit Feinheiten keine Mühe mehr. Nein, sagten sie, sie hätten nichts gesehen. Zwei aufgeregte Mädchen, die allerdings, und dann den Toten natürlich.

Was? Er sollte sich bewegt haben? Der Tote? Nein, das hätten sie nicht gesehen.

Einer der alten Männer kicherte: »Ich habe noch nicht gehört, daß Tote sich bewegen.«

Alle brachen in Lachen aus, als habe ihr Freund einen Witz gerissen.

Der Kommissar schaute sich um.

Auch drüben, am anderen Ufer des Wasserlaufs, sah er drei alte Männer stehen. Sie glichen den unsrigen aufs Haar. Sie hatten Stöcke bei sich, trugen lange Mäntel und standen auf eine ähnlich leblose Weise herum und blickten herüber.

Einer der alten Männer, ein Herr Seipel, hatte einen kleinen Jungen bei sich.

Rentner, alles Rentner.

»Wir verjubeln unser Geld«, sagte der eine, der Knoppe hieß, und wieder brachen die anderen in Lachen aus.

Sie sagten, sie seien fast jeden Tag im Englischen Garten. Einmal hier, einmal dort; sie hätten keine festen Ziele.

Dann gingen sie davon.

Sie hielten noch einmal an, standen in einer merkwürdig starren Gruppe auf der kleinen Brücke, hatten die Hälse vorgestreckt und beobachteten, wie der Tote weggebracht wurde.

Dann bewegte sich die starre Gruppe der Greise; sie gingen weiter und vereinten sich auf der anderen Seite des Wasserlaufs mit der anderen Greisengruppe. Sie gingen gemächlich davon, als sei ihre Neugierde endgültig in Langeweile umgeschlagen.

Der Kommissar blickte ihnen nach.

Grabert kam her, die Arbeit war getan. »Man muß eine Fahndung machen«, sagte er, »das Bild des Toten veröffentlichen.«

»Ja«, sagte der Kommissar, »macht nur. Veranlaßt das alles.«

»Was haben Sie vor, Chef?«

»Ach«, murmelte der Kommissar, »ich weiß nicht recht. Die alten Leute da vorn – ich weiß einfach nicht, was ich von ihnen halten soll.«

Grabert zuckte die Achseln. Er kannte den Kommissar, der manche Dinge tat, für die er keine Erklärung abgeben wollte.

Während die Polizeiwagen also abfuhren, der Tote seinen unheimlichen Lagerplatz verlassen hatte und nur zertrampeltes Gras zurückgeblieben war, ging der Kommissar langsam durch den Park.

Er ging den alten Männern nach. Er prägte sich ihr Bild ein. Es waren sechs. Einer hatte einen kleinen Jungen bei sich.

Die Männer sprachen laut, lachten und blieben stehen, wann es ihnen paßte. Manchmal benahmen sie sich ganz kindisch, liefen vor, gestikulierten und mimten und lachten ungeniert.

Der Kommissar versuchte, sich selbst von der Verfolgung abzubringen. Mein Gott, irgendwelche alten Leute, die ihre Zeit totschlagen. Einer davon, der auf einen kleinen Jungen aufpassen muß. Sie waren zufällig heute morgen im Park. Sie benehmen sich nicht ganz normal, weil solche Leute kein normales Leben mehr führen.

Dennoch folgte ihnen der Kommissar.

Die Greise verließen den Englischen Garten und zogen durch eine der schmalen Gassen Schwabings, die von Autos nahezu versperrt sind. Sie schlenderten wie vorher, breit, laut, lachend, mit ihren Stöcken hantierend. Alles ein bißchen auffällig und grell. Sie wirkten wie alte Hunde, die in diesen Straßen zu Hause sind und keinen Respekt haben.

Es war, als gäbe es nur sie allein. Das war der Eindruck, den der Kommissar schließlich hatte: Sie nahmen die normale Welt einfach nicht mehr zur Kenntnis.

Als der Kommissar schließlich etwas verdrossen ins Büro zurückkam, hatten seine Leute schon erfolgreich gearbeitet.

Eine Vermißtenanzeige des Hotels Carlton war eingegangen. Der Tote war identifiziert. Er handelte sich um einen gewissen Erich Tiemann, zweiunddreißig Jahre alt, Möbelhändler aus Nürnberg. Der Hotelportier berichtete, daß sich Tiemann am Abend zuvor Kneipen in Schwabing hatte nennen lassen. Ein Rückruf in Nürnberg ergab, daß Tiemann mindestens zweitausend Mark bei sich gehabt haben mußte.

Das Geld war weg.

Und drittens hatte eine erste Untersuchung ergeben, daß Tiemann zum Zeitpunkt seines Todes völlig betrunken gewesen sein mußte.

»'ne ganze Menge auf einmal«, sagte der Kommissar.

»Und noch nicht alles«, fuhr Heines fort, »der Mann hat einen Wagen gehabt. Dieser Wagen ist inzwischen gefunden worden. Er stand verlassen am Ostbahnhof.«

»Am Ostbahnhof«, sagte der Kommissar seufzend, »wie kommt der Wagen denn dahin?«

Der Kommissar steckte sich eine neue Zigarette an, während

Grabert, Heines und Harry die Möglichkeiten dieses Falles durchdiskutierten. Der Kommissar blieb ziemlich stumm und ertappte sich dabei, daß er an die Greise dachte, an ihre hundebeinige Art, herumzustreunen, den Tag zu genießen und einfach nichts zu tun.

Grabert zog einen Schluß: »Tiemann war betrunken, man hat ihm seinen Wagen und sein Geld genommen und ihn selbst in den Wasserlauf des Englischen Gartens gestoßen. Es ist Mord.«

Ja, mußte der Kommissar zugeben, es war wohl Mord.

Der Kommissar kam sich fast ein wenig überflüssig vor. Er bewunderte die Art, wie seine Leute den Fall in die Hand nahmen.

Fotos von Tiemann wurden in Auftrag gegeben, die Kneipen Schwabings sollten überprüft werden; die Beamten teilten sich die Bezirke auf.

»Wir werden die Kneipe finden, Chef«, sagte Grabert, »in der sich Tiemann betrunken hat, und wir werden dann wissen, wer ihm dabei Gesellschaft geleistet hat.«

»In Ordnung, Chef?« vergewisserte sich Heines noch und sah den Kommissar fragend an.

»Alles in Ordnung«, entgegnete der Kommissar, »macht nur. Es ist der richtige Weg.«

»Hm«, sagte Grabert, sah den Kommissar nachdenklich an.

»Ich ...«, murmelte der Kommissar, »geh' ein bißchen in Schwabing spazieren.«

»Die alten Leute?« wunderte sich Harry.

»Es kann tatsächlich sein, daß sie etwas mit dem Fall zu tun haben«, sagte der Kommissar, aber er wirkte nicht überzeugend.

Während seine Leute sich auf ihre Aufgabe konzentrierten, zog der Kommissar los.

Er hatte sich die Straße gemerkt, in der die Rentner verschwunden waren. Sie hatten sich rechts und links auf die Häuser verteilt. Der Mann mit dem kleinen Jungen war in einer Toreinfahrt verschwunden.

Der Kommissar verbrachte fast eine Stunde, bis er einen der alten Männer aus einem Haus herauskommen sah. Der Alte ging quer über die Straße und tippte mit der Spitze seines Spazierstockes an die Fensterscheibe einer Parterrewohnung. Ein anderer Greis blickte heraus und schloß wortlos wieder das Fenster.

Der Kommissar rauchte und ärgerte sich über sich selbst. Ein Mordfall, und er rannte hinter diesen alten Leuten her.

Nach und nach versammelten sich die Greise wieder. Sie warteten auf den letzten, der schließlich mit dem Jungen an der Hand, bleich und düster aus einer Toreinfahrt auftauchte.

Dann schoben sie los, sechs verwitterte alte Männer, grau wie Steine.

Sie wirkten wie ein – ja, sagte sich der Kommissar, wie ein Rudel. Ein Rudel alter, lahmer Tiere.

Einen Tag später hatte Heines die Kneipe gefunden, in der sich Tiemann betrunken hatte. Ein einfaches Schwabinger Lokal, viel Holz, abgetretene Dielen, abgewetzte Tische, etwas hilfloser Flitter, der von der Decke herabhing.

Der Wirt, ein gewisser Panse, hatte das Foto Tiemanns angesehen und sofort bestritten, daß der Mann in seinem Lokal gewesen sei, aber in einer so erschrockenen Weise, daß Heines mißtrauisch wurde.

Er steckte das Foto weg und sagte: »Geben Sie mir ein Bier.«

»Warum wollen Sie ein Bier?« hatte der Wirt gefragt, nervös und aufgeregt. Offensichtlich hätte er Heines am liebsten zum Teufel gewünscht.

»Das ist doch der Tote aus dem Englischen Garten«, sagte er, »ich habe die Zeitung gelesen. Dieser Mann war nicht bei mir.«

Heines trank sein Bier und sah sich um. Kein Kellner sonst, den er hätte fragen können. Ein junges Mädchen erschien einmal kurz hinter der Theke. Offenbar die Tochter des Wirts. Aber Panse scheuchte sie gleich wieder weg.

Nur ein einzelner Gast saß an einem Tisch. Ein Mann, der ungepflegt wirkte und wie ein Penner aussah. Er stierte abwesend vor sich hin, stand dann auf, hielt sich schwankend gerade und sah den Wirt an.

»Bezahl' morgen«, sagte Panse, und der Mann entfernte sich schweigend.

Auch Heines bezahlte und verließ das Lokal.

Auf der Straße hielt ihn der Mann an, der im Lokal gewesen war. Der Mann war knapp über dreißig. Er sah aus, als friere er; er zog die Schultern eng zusammen und sagte zu Heines: »Sie fragen nach dem Toten aus dem Englischen Garten?«

»Ja«, sagte Heines und zeigte das Foto.

»Ja«, murmelte der halbbetrunkene Mann, »das ist er, dieser Mann war vorgestern abend in diesem Lokal.«

Er flüsterte plötzlich. »Aber'n Zeugen mach' ich nicht. Ich sag' Ihnen das bloß, der war hier.«

»Mann Gottes«, sagte Heines, »sind Sie sicher?«

»Ganz sicher.«

»War der Mann allein?«

»Der blieb nicht lange allein«, sagte der Mann, dem man schiere Verzweiflung ansah, »der Mann hatte Geld, Panse sieht so etwas. Der ruft dann rauf in die Wohnung, und dann kommt sie runter.«

»Wer kommt runter? Das junge Mädchen, das da eben reinkam?«

»Nein, nein«, flüsterte der Mann, »die nicht. Das ist seine Tochter. Die Susta holt er runter. Die wohnt bei ihm.«

Dem Mann versagte die Stimme. Er bewegte sich ruckhaft und war völlig außer sich; eine tiefe Traurigkeit ging von ihm aus.

»Die ist oben«, flüsterte der Mann, der sich Wegsteiner nannte, »fragen Sie mal. Fragen Sie die beiden mal, was sie mit dem Mann gemacht haben.«

Heines stand auf der Straße und hatte ein Gefühl wie: Der Fall ist gelöst. Ich habe ihn gelöst. Nur eine Minute, dann ist alles klar.

Er ließ sich den Namen seines Zeugen geben.

»Wegsteiner heiße ich«, sagte der Mann, »die kennen mich alle hier.«

Heines beschloß, gleich zu handeln.

Er ging wieder in das Haus hinein, er stieg die Treppe hoch bis in den ersten Stock.

Dort fand er das Wohnungsschild: PANSE.

Er klingelte, klopfte und mußte nicht lange warten, die Tür öffnete sich, und eine Frau stand auf der Schwelle, deren Anblick Robert Heines veranlaßte, tief Atem zu holen. Er hatte noch nie eine junge Frau gesehen, die so unverhüllt sexy war.

Das war Hilde Susta, sechsundzwanzig Jahre alt, groß, stattlich, kräftig, gesund. Keine Förmlichkeit, keine Fremdheit.

Nur blanke Offenheit. Sie sah einen Mann, und sie lächelte.

»Sie haben sich nicht in der Tür geirrt?« fragte sie, lächelte und hielt den Kopf etwas schräg. Sie war strohblond.

»Nein«, sagte Heines, und es verdroß ihn, daß er fühlte, wie beeindruckt er war, »ich wollte Ihnen ein Foto zeigen und Sie fragen, ob Sie diesen Mann hier kennen.«

Er holte sein Foto heraus und zeigte es der Susta.

Ehe sie etwas sagen konnte, erschien Panse aus der Tiefe der Wohnung, starrte Heines an und geriet sofort in heftige Erregung:

»Was wollen Sie hier? Ich habe Ihnen gesagt, daß dieser Mann hier nicht bekannt ist.«

Er nahm der Susta das Bild weg und drückte es Heines in die Hand.

Hinter Panse erschien übrigens auch das blasse junge Mädchen, Panses Tochter.

Heines behielt die Susta im Blick. Sie war völlig unerschrocken, lächelte und schaute neugierig und offen Heines an, als nähme sie die Aufgeregtheit Panses nicht wahr.

»Nein«, sagte die Susta, »aber wollen Sie nicht hereinkommen?«

»Es besteht kein Grund, ihn hereinzubitten«, sagte Panse aufgeregt, drängte die Susta von der Tür weg und verschloß sie vor Heines. Der steckte sein Foto ein und wußte: Hier war der Mann gewesen, der jetzt tot war. Er war in der Kneipe gewesen. Vielleicht sogar in dieser Wohnung. Heines war tief zufrieden und ließ sich über Funk durchgeben, wo er den Kommissar finden konnte.

»Höre, Harry«, sagte er, »der Fall ist so gut wie geklärt. Was treibt der Alte?«

»Er hat sich gerade aus den Isaranlagen gemeldet.«
»Was macht er da?«
»Frage ihn«, gab Harry trocken durch, »wir möchten es auch gern wissen.«

Heines traf den Kommissar tatsächlich in den Isaranlagen. Er stand gemächlich wie jemand, der viel Zeit hat.
»Hallo, Chef.« Robert Heines brannte darauf, seine Nachricht loszuwerden.
»Ich habe die Kneipe«, sagte er, »der Fall sieht so aus: Ein verdammt geldgieriger Kneipenwirt sieht sich seine Gäste an, und wenn einer dabei ist, der nach Geld aussieht, dann holt er seine Freundin, setzt sie dem Mann an den Tisch. Sie machen ihn systematisch betrunken und nehmen ihm sein Geld weg.«
»Ja«, sagte der Kommissar ruhig, »und wenn sie es getan haben, werfen sie ihn auf die Straße.« Trocken setzte er hinzu: »Sie müssen ihn ja nicht umbringen. Warum sollten sie das tun?«
Heines begann sich ein wenig zu ärgern.
»Okay, Chef«, sagte er, »wie die Sache vor sich gegangen ist, weiß ich natürlich nicht. Aber ich habe die Kneipe und ein paar Leute, die in der Geschichte eine Rolle spielen.«
»Das ist eine Menge wert«, sagte der Kommissar und fügte hinzu:
»Komm, sie gehen.«
»Wer geht?« fragte Heines. Aber dann sah er nicht weit weg die sechs Greise mit ihren Stöcken.
»Gehen Sie immer noch diesen Leuten nach?« fragte Heines verblüfft.
»Aber warum denn?«

»Wenn ich das wüßte«, murmelte der Kommissar.

Er ging mit Heines den alten Männern nach, die die Isar jetzt verließen. Einer der alten Männer nahm den kleinen Jungen an die Hand, als sie jetzt die Fahrbahn überquerten.

Der Kommissar und Heines folgten ihnen bis nach Schwabing.

Als sie in die enge Straße neben dem Drugstore einbogen, sagte der Kommissar: »Hier wohnen sie, hier sind sie zu Hause.«

»Chef«, murmelte Heines, »die Leute haben einen Toten gefunden. Das ist doch keine Sache, die ausreicht, ihnen tagelang nachzugehen.«

Er wollte noch hinzusetzen: »meine ich jedenfalls«, aber er vergaß seinen Satz, blickte etwas verdutzt die Straße hinunter und sagte plötzlich aufgeregt: »Die Susta, Chef, da ist die Susta, die Blonde.«

Tatsächlich war Susta zu sehen, sie kam quer über die Straße, ging auf die alten Männer zu, nahm den kleinen Jungen an die Hand und ging mit Seipel durch eine Toreinfahrt.

»Hallo, Chef«, rief Heines verdutzt.

»Wenn das deine Susta ist, Robert«, grinste der Kommissar, »dann hast du mich jetzt wirklich glücklich gemacht.«

Er atmete auf. »Ich fürchtete wirklich schon, ich renne Gespenstern nach.«

Er ging auf die Toreinfahrt zu, Heines folgte ihm.

Auf dem Hinterhof sahen sie Susta, Seipel und den kleinen Jungen in einem der Hinterhäuser verschwinden.

Ehe sie ihnen nachgehen konnten, hörten sie eine Stimme.

Im offenen Fenster einer Parterrewohnung erkannte Heines Wegsteiner.

»Da sind Sie ja«, sagte Wegsteiner, dem man seine Betrunkenheit und Verzweiflung nun noch deutlicher anmerkte, »verhaften Sie sie endlich?«

»Wer ist der alte Mann? Wer ist das Kind?« fragte Heines und erklärte dem Kommissar hastig, wer Wegsteiner war.

»Ihr Sohn ist das«, rief Wegsteiner, »um den sie sich allerdings nicht kümmert. Der ist ihr vollkommen gleichgültig.«

Erbittert schrie der betrunkene Wegsteiner aus dem Fenster: »Ist das normal, daß eine Mutter sich nicht um ihr Kind kümmert? Das ist doch nicht normal! Verhaften Sie diese Frau!«

Heines blickte den Kommissar an.

Der Kommissar lächelte; Heines merkte ihm an, daß er fast vergnügt war, beträchtlich munterer jedenfalls als noch vor fünf Minuten.

»Kann man mal zu Ihnen reinkommen?« fragte der Kommissar.

Sie suchten die Tür, gingen ins Haus, und Wegsteiner öffnete ihnen sein Zimmer.

Es war nicht schwer, ihn zum Reden zu bringen: Ja, Tiemann war in der Kneipe gewesen und hatte getrunken. Panse hatte die Susta gerufen, hatte sich zu Tiemann an den Tisch gesetzt.

Wegsteiner blickte den Kommissar mit offener Verzweiflung an. »Sie macht alle Männer verrückt«, sagte er, »sie verlieren den Verstand. Sie trinken sich um den Verstand. Auch der Mann aus Nürnberg trank sich um seinen Verstand.«

»Waren Sie dabei?« wollte der Kommissar wissen.

»Ja«, sagte Wegsteiner und hob den Kopf. Sein Gesicht war voller Schweiß.

»Ja«, nickte er, »ich war dabei. Ich habe es gesehen. Von

einem Nebentisch aus. Um drei Uhr nahmen sie ihn mit in die Wohnung 'rauf. Oben haben sie ihn dann völlig fertig gemacht. Er ist erledigt.«

»Haben Sie den Mann nochmal gesehen?«

»Nein, sie machten das Lokal zu. Ich mußte ja raus.«

Heines atmete auf.

»Das sollte reichen, Chef. Jetzt vernehmen wir Panse und die Susta.«

Der Kommissar stand am Fenster und wirkte etwas abwesend.

»Ja«, sagte er, »mach es, Robert.«

Heines sah ihn aufmerksam an. »Irgendwas nicht in Ordnung, Chef?«

»Doch, doch«, antwortete der Kommissar, »ich sag doch: Mach' es. Ich werde ja hören, was dabei rausgekommen ist.«

Heines machte sich gleich auf den Weg zu Panses Kneipe. Panse wurde ganz blaß als er Heines sah. Susta stand hinter der Theke und lächelte Heines an. Sie lächelte jeden Mann an. Und Heines spürte eine kleine Erregung, die in ihm hochstieg. Himmel, dachte er, diese Frau kann einen Mann tatsächlich um seinen Verstand bringen.

Wie zu seiner Hilfe kam jetzt auch Grabert, den der Chef verständigt hatte. Der Kommissar hatte Grabert angerufen: »Robert hat da was rausgekriegt. Geh und hilf ihm.«

Beide nahmen jetzt Panse und die Susta ins Verhör. Susta stand träge, immer noch lächelnd, so als sei ihr Lächeln unzerstörbar.

»Ja«, sagte sie schließlich, »der Tiemann war hier, er hat hier getrunken und ich habe ihn mit in die Wohnung raufgenommen.«

Panse holte jäh Luft: »Warum gibst du das zu?« rief er, »es besteht keine Notwendigkeit, das zuzugeben.«

Dann wandte sich Panse an Heines und Grabert: »Gut«, sagte er mit klagender Stimme, »der Mann war tatsächlich hier, und wir haben ihn mit in die Wohnung raufgenommen. Ist das verboten? Um halb eins habe ich gesagt: ›Nu gehen Sie aber.‹ Und er ist gegangen.«

»Wann ist er gegangen?« fragte Heines die Susta. Sie antwortete träge: »Um halb vier.«

Wieder verfärbte sich Panse. »Warum sagst du halb vier? Was für eine Uhr hast du?«

»Sie wissen doch alles«, sagte Susta, zeigte nicht den geringsten Schrecken, sondern eine träge unerschütterliche Gleichgültigkeit.

»Gehen wir mal in die Wohnung rauf«, sagte Heines.

Der Kommissar folgte inzwischen wieder den sechs Greisen. Sie hatten in einem Bräu Platz genommen, aßen Weißwürste und tranken Bier aus Maßkrügen. Sie schienen sich wohl zu fühlen, redeten, lachten und aßen mit gutem Appetit. Seipel bezahlte die Kellnerin, und der Kommissar sah, daß er mit einem Hundert-Mark-Schein bezahlte.

Die sechs griffen nach ihren Stöcken und verließen die Bierschwemme. Der Kommissar ging auf die Kellnerin zu, wies sich aus und tauschte ihr den Hundert-Mark-Schein ein.

»Ist der falsch?« fragte die resolute Kellnerin perplex.

»Nein«, sagte der Kommissar und seufzte etwas: »Ich hoffe, es ist der richtige.«

Grabert und Heines sahen sich in der Wohnung Panses um.

Panse war blaß und aufgeregt und jammerte: »Der Mann wollte trinken. Er wollte einfach nicht gehen. Deswegen haben wir ihn mit raufgenommen. Man kann einen guten Gast nicht schlecht behandeln. Er hat eine Flasche Whisky bekommen, aber dann schickten wir ihn weg.«

»Der Mann muß total betrunken gewesen sein.«

»Ah was«, sagte Panse, »wir haben seinen Kopf unter Wasser gehalten. Das brachte ihn zu sich, und er konnte gehen.«

»Unter Wasser gehalten?« fragte Grabert und fuhr langsam fort: »Der Mann muß nicht im Englischen Garten ertrunken sein. Wo ist Ihr Badezimmer?«

Panse starrte Grabert an, wurde kreidebleich und blickte entgeistert auf Susta und seine Tochter Herta, die stumm in der Tür stand. »Habt ihr gehört«, klagte er, »die halten uns noch für Mörder!«

Susta lächelte verächtlich, hob ihre prachtvollen Schultern und sah auf Grabert und Heines, als habe sie einfach nicht begriffen, was Grabert mit seiner Bemerkung gemeint haben könnte. Panse war zu keiner weiteren Aussage zu bewegen. Er blieb dabei, Tiemann habe die Wohnung um halb vier verlassen. Er sei betrunken gewesen, aber er habe noch gehen können.

Grabert und Heines trafen den Kommissar im Büro und teilten ihm die Einzelheiten ihrer Untersuchung mit.

Heines war lebhaft, fast aufgeregt und sagte: »Ich meine, Chef, die haben Tiemann betrunken gemacht, beraubt und in der Badewanne ertränkt. Was spricht dagegen?«

Der Kommissar holte seinen Hundert-Mark-Schein heraus. »Dieser Schein hier.«

Er erzählte, woher er den Schein hatte. »Ich habe ihn vom

Labor untersuchen lassen. Der Schein hat im Wasser gelegen. Im Wasser des Englischen Gartens. Sie konnten es genau analysieren.«

Heines und Grabert sahen den Kommissar betroffen an.

Der Kommissar murmelte: »Panse? Die Susta? Die werden keinen Toten mit seinem Geld ins Wasser geworfen haben.«

»Ja, was heißt denn das?« fragte Heines nachdenklich.

»Es heißt vorläufig nur...«, antwortete der Kommissar, »daß die alten Leute Geld besitzen, das der tote Tiemann in der Tasche gehabt hat. Aber das Lokal des Herrn Panse ist natürlich sehr interessant. Wir gehen mal heute abend hin, wenn es richtig in Betrieb ist.«

Abends suchten sie das Lokal auf. Es waren viele Gäste da, die Tische besetzt. Das künstliche Licht gab der kargen Einrichtung unvermuteten Glanz. Ein Zitherspieler saß in einer Ecke, blickte verloren um sich und improvisierte. Panse schenkte Bier ein, ein Kellner lief hin und her.

Susta stand neben der Theke, träge lächelnd wie ein Standbild. Ihre Blicke schienen kein Ziel zu haben.

Dennoch sah sie, daß der Kommissar mit Grabert und Heines hereinkam. Sie blickte immer auf, wenn jemand hereinkam.

»Das ist Susta?« fragte der Kommissar.

»Ja«, grinste Grabert, »gibt es Ihnen auch einen kleinen Schlag in den Magen?«

»Hm«, sagte der Kommissar trocken, »so nahe an der Pensionsgrenze gibt es den netten kleinen Schlag in den Magen nicht mehr. Aber...«, fügte er langsam hinzu, »sie ist ein Staatsweib.«

Susta bewegte sich, kam langsam heran, stand am Tisch und sah den Kommissar an: »Auch ein Polizist?«

»Ja«, sagte der Kommissar, »wollen Sie sich nicht setzen?«
Langsam ließ sich Susta auf den Stuhl nieder. Selbst dieses Hinsetzen war ein atemberaubender Vorgang.

»Wollen Sie mich auch nach dem Mann aus Nürnberg fragen?« lächelte Susta.

»Nein«, erwiderte der Kommissar, »ich wollte Sie fragen, warum Sie sich nicht um Ihren Jungen kümmern.«

Susta war überrascht.

»Wieso?« fragte sie und lächelte nicht mehr, »mein Junge ist bei meinen Großeltern.«

»Ja«, sagte der Kommissar, »Ihr Großvater zieht mit dem Kind los. Meistens in den Englischen Garten.«

»Ist doch gesund da«, entgegnete Susta.

»Na, so gesund auch wieder nicht«, lächelte der Kommissar und fragte weiter: »Wie stehen Sie zu Ihrem Großvater? Was für ein Mann ist das?«

Susta hatte allen Glanz verloren. Das weiche Gesicht hatte sich verhärtet, sogar ihre Stimme war plötzlich spröde.

»Ich weiß nicht, was Sie wissen wollen«, sagte Susta, »der Mann ist mein Großvater. Mehr nicht. Er ist mir gleichgültig.«

Der Kommissar behielt Susta im Blick.

»Ihr Sohn ist Ihnen auch gleichgültig?«

»Ja«, sagte Susta, »er ist mir auch gleichgültig.«

Sie stand auf, drehte sich um und ging zu Panse hinüber, der ihr düster-aufgeregt entgegensah.

Der Kommissar lächelte schwach: »Ich will etwas über die alten Leute erfahren, aber niemand tut mir den Gefallen.«

Dennoch sah der Kommissar nicht unzufrieden aus. Er trank sein Bier und schaute sich um.

Er sah Wegsteiner hereinkommen. »Unser Freund dort

kommt auch«, sagte der Kommissar gutgelaunt, »die Szene füllt sich.«

Panse hatte Wegsteiner ebenfalls gesehen, ging gleich auf ihn zu und sprach anscheinend heftig auf ihn ein.

»Er wirft ihn raus«, sagte Heines, »was sagen Sie dazu?«

Tatsächlich schob und stieß Panse den Wegsteiner wieder zur Tür hinaus.

Der Kommissar stand auf. »Wartet hier«, sagte er und ging auf die Straße hinaus.

Er sah Wegsteiner in einer Toreinfahrt stehen. Wegsteiner starrte auf Panses Lokal.

Der Kommissar überlegte, drehte sich um und betrat den Hausflur. Er ging in den ersten Stock hinauf und stand vor Panses Wohnungstür. Er klingelte, und Herta Panse öffnete ihm. Das junge Mädchen blickte etwas erschrocken auf den Kommissar.

»Mein Vater ist unten«, sagte sie.

»Ich will nicht zu Ihrem Vater«, entgegnete der Kommissar ruhig, »ich wollte mit Ihnen sprechen.«

Herta Panse stand etwas atemlos, öffnete fast willenlos die Tür und ließ den Kommissar eintreten.

Das Mädchen sah blaß aus, die Augen waren groß, fast unnatürlich weit geöffnet. Ein leichter Hauch von Abnormität war in diesen Augen ablesbar. Der Kommissar stellte ihr ein paar präzise Fragen. Wo sie wohne? Nein, nicht hier, nicht in dieser Wohnung, sagte sie fast leidenschaftlich. Aber die Wohnung sei doch groß genug, sagte der Kommissar. Nein, sagte das Mädchen weich und zugleich schroff, es habe sein Zimmer oben, einen Stock höher, genau über dieser Wohnung. Sie würde niemals hier unten wohnen.

»Wegen der Susta?« fragte der Kommissar. »Was für ein Verhältnis hat Ihr Vater zu dieser Frau?«

Sie antwortete: »Sie schläft in seinem Bett, sie sitzt an seinem Tisch, sie nimmt sein Geld. Aber er ist ihr gleichgültig. Sie macht was sie will. Sie bringt auch Männer mit rauf, weil sie es so will.«

Sie starrte den Kommissar an. Man sah, daß sie zitterte; ihre Haut vibrierte. Heftig stieß sie hervor: »Sie hat den Mann umgebracht. Warum verhaften Sie sie denn nicht?«

Leise sagte der Kommissar: »Ich kann nur den Mörder verhaften.«

Er nickte ihr zu, wandte sich um und verließ die Wohnung.

Er ging wieder auf die Straße hinunter; Wegsteiner stand immer noch in der Toreinfahrt.

Wegsteiner sah den Kommissar, löste sich zögernd aus dem Dunkel und verschwand.

Der Kommissar gab klare Anweisungen.

»Walter«, sagte er, »kümmere dich um Wegsteiner. Was ist das für ein Mann? Jede Einzelheit ist wichtig. Der Mann ist wichtig, außerordentlich wichtig. Der Mann hat seinen Platz in dieser Geschichte, wir müssen wissen, welchen.« Dann wandte er sich an Harry: »Wieviel Charme hast du, Harry?«

Harry sah verblüfft hoch. »Er sollte für ein junges Mädchen von siebzehn Jahren reichen. Die Herta Panse geht in die Schule. Hol' sie ab. Versuche mit ihr bekannt zu werden. Was für ein Mädchen ist das? Versuche irgendwas herauszukriegen. Sie weiß mehr, als sie sagt. Aber sie sagt es keinem alten Mann wie mir.«

»Okay, Chef«, murmelte Harry und grinste etwas, »mein

Charme wurde lange nicht gebraucht. Ist es ein hübsches Mädchen?«

Grabert murmelte: »Mit siebzehn sind sie alle hübsch.«

Harry machte sich an seinen Auftrag.

Himmel, dachte er, was verlangen die eigentlich von mir? Soll ich sie ansprechen? Wie? Er war tatsächlich im Zweifel, wie er es am besten anstellen könne, mit Herta Panse bekannt zu werden.

Früh morgens hatte er Herta aus dem Haus herauskommen sehen. Aha, das war sie also. Sie gefiel ihm. Herta war klein, aber atemberaubend schmal in der Hüfte. Die langen Haare fielen weich in ein blasses Kindergesicht. Ihr kleiner Busen straffte das Kleid.

Harry seufzte ein wenig. Sie ist zwar ein Mädchen, dachte er, aber noch mehr ist sie ein Kind.

Mittags stellte er sich vor die Schule und wartete.

Verdammt, dachte er, ich kann sie doch nicht ansprechen. Die läuft mir glatt weg.

Schließlich kam Herta zusammen mit anderen Mädchen aus dem Portal der Schule. Harry faßte allen Mut zusammen und lief ihr in den Weg, spielte jemand, der aus Versehen mit jemandem zusammenrennt. Hertas Schultasche fiel zu Boden. Harry bückte sich und hob sie auf, entschuldigte sich und dachte bei sich selbst: Lahm, du bist ganz lahm. Und laut sagte er:

»Hoffentlich haben Sie sich nicht weh getan. Darf ich Sie nach Hause bringen? Mein Wagen steht an der Ecke.« Und bei sich selbst dachte er: Sie läßt mich glatt stehen. Es ist der ungeschickteste Weg, mit jemandem bekannt zu werden. Aber zu seinem Erstaunen blieb Herta stehen und sah ihn ernsthaft und aufmerksam an.

»Sie wollen mich nach Hause bringen?« fragte sie mit einer blassen, dünnen Stimme.

»Ja«, sagte Harry und dachte: Verdammt, die tut's. Und sein zweiter Gedanke war: Ganz normal ist sie nicht. Und: Was für Augen sie hat!

Es ging besser, als Harry dachte.

Herta setzte sich zu ihm in den Wagen, preßte die dünnen Knie gegeneinander, saß schweigend, aber sonderbar aufmerksam, sah während der Fahrt auf die Straße, drehte sich schließlich langsam um, sah Harry an und erwiderte sein Lächeln.

Himmel, dachte Harry, wenn sie lacht, ist sie schön. Es war keine Fremdheit zwischen ihnen, so als gäbe es diesen Begriff für Herta Panse nicht.

Der Kommissar wartete ungeduldig auf Ergebnisse.

Der erste, der zurückkam, war Grabert.

»Halten Sie sich fest, Chef«, sagte er, »der kleine Junge, der Sohn der Susta, der ist von Wegsteiner. Wegsteiner hatte ein Verhältnis mit Susta, aber sie wollte ihn nicht heiraten. Sie hatte keine Lust. Sie schickte Wegsteiner zum Teufel und bestreitet sogar, daß Wegsteiner der Vater ihres Kindes ist. Der Mann ist blind vor Eifersucht.«

Der Kommissar atmete auf. »Gut, Walter«, sagte er, »das ist sehr gut.«

»Gut?« murmelte Grabert. »Der leidet wie ein Hund.«

Aber wieder sagte der Kommissar abwesend: »Das ist sehr gut.«

Etwas später kam Harry zurück.

»Chef«, sagte Harry und holte Luft, »ich weiß nicht, was die Herta Panse für ein Mädchen ist. Sie ist hübsch, sie ist aufregend, aber nicht ganz normal. Sie stieg sofort in meinen Wagen. Und nach 'ner halben Stunde schon fragte sie, wo ich wohne, wie ich wohne.«

Er sah, immer noch wie staunend, auf den Kommissar und sagte: »Sie wollte zu mir ziehen. Sofort. Sie wolle weg von zu Hause. Ich solle vor dem Haus warten, sie würde nur ihren Koffer packen.« Er hob unsicher die Schulter: »Sie ließ mir gar keine Zeit, ihr ein paar Fragen zu stellen, irgendwas herauszukriegen, was für Sie interessant sein könnte.«

Der Kommissar blieb nachdenklich, dann sagte er: »Das ist schon interessant, Harry.«

Grabert grinste und sah Harry an: »Kam sie mit dem Koffer?«

»Ich weiß es nicht«, murmelte Harry und sah den Kommissar unsicher an, »ich hab' nicht auf sie gewartet. Ich muß zugeben, ich habe Angst gekriegt.«

»Schon richtig, schon gut«, sagte der Kommissar, dachte eine Weile nach, erhob sich dann, atmete auf und sagte: »Besorge einen Haftbefehl für Wegsteiner, Walter.«

Der sah verdutzt auf: »Nanu, Chef, Wegsteiner?«

Der Kommissar erklärte nicht näher, warum er so handelte. Er ließ einen Funkstreifenwagen mit heulender Sirene in den Schwabinger Hinterhof fahren und Wegsteiner aus seiner Wohnung heraus verhaften.

Auf dem Hof liefen die Hausbewohner zusammen und nicht nur die. Auch Seipel, Lansky, Knoppe waren erschienen, standen stumm und regungslos. Der Kommissar ließ Wegsteiner in Panses Kneipe bringen.

Panse sah aufgeregt auf Wegsteiner, den die Polizisten hereinbrachten.

»Was soll das?« fragte er aufgeregt den Kommissar, »ist das hier ein Büro der Kriminalpolizei?«

Wegsteiner war wieder betrunken. Nicht sehr, er schwankte, und er sah Panse ironisch an.

Auch Susta und Herta Panse hatte der Kommissar holen lassen.

Er stellte kurze, harte Fragen.

Er ließ keinen Zweifel über den Ernst der Situation. Alle Verbindlichkeit war von ihm abgefallen.

Wieder sagte Susta, daß Tiemann um halb vier morgens die Wohnung verlassen habe.

Der Kommissar wandte sich an Wegsteiner.

»Und wo waren Sie?« fragte er. »Sie waren hier im Lokal, bis es geschlossen wurde. Sie haben gesehen, daß die Susta den Tiemann mit in die Wohnung hinaufnahm. Was haben Sie getan?«

»Was soll ich getan haben?« murmelte Wegsteiner.

»Sind Sie nach Hause gegangen?« Ehe Wegsteiner antworten konnte, fuhr der Kommissar fort: »Sie sind nicht nach Hause gegangen. Sie haben auf der Straße gestanden, in der Toreinfahrt gegenüber und gewartet. Wieder waren Sie blind vor Eifersucht. Stunde um Stunde haben Sie gewartet, weil Sie wissen wollten, wann Tiemann erscheinen würde.« Er machte eine Pause und sah Wegsteiner eindringlich an: »Wann erschien er?«

Wegsteiner zögerte, grinste dann und sagte: »Um sieben. Morgens um sieben kam er aus dem Haus heraus auf die Straße.«

Die Susta schrie ihn an: »Es war nicht sieben! Es war halb vier.«

»Sieben war es, sieben Uhr.«

Der Kommissar murmelte: »Wo ist Tiemann geblieben? Er wird um halb vier herausgeworfen aus der Wohnung. Aber auf der Straße erscheint er erst um sieben.«

Langsam wandte er sich um und sah Herta Panse an.

Sie zitterte unter seinem Blick.

Leise sagte der Kommissar: »Sie, Fräulein Panse, haben gehört, was in der Wohnung unter Ihrem Zimmer vor sich ging. Als Tiemann hinausgeworfen wurde, standen Sie auf der Treppe.«

Herta Panse blieb stumm, aber ihr Schweigen war ein deutliches Eingeständnis.

Bis es der Kommissar aus ihr herausbrachte: Ja, sie habe Tiemann mit in ihr Zimmer heraufgenommen. Er habe dort noch getrunken, sie habe mit ihm geredet, sie habe nur eins gewollt, nämlich jemanden finden, der sie mitnimmt, wegnimmt, weg aus diesem Haus, in dem sie nicht länger habe bleiben wollen.

»Aber er wollte nicht«, sagte Herta, »er wollte nicht.«

Panse fing an zu räsonieren, seiner Tochter Vorwürfe zu machen, aber der Kommissar fuhr ihn an: »Halten Sie den Mund«, sagte er.

Im Schweigen, das entstand, wandte sich der Kommissar Wegsteiner zu: »Um sieben also kam Tiemann aus dem Haus. Er war völlig betrunken. Was tat er?«

»Er ging an seinen Wagen.«

»Betrunken wie er war?«

»Ja, er war so betrunken, daß ihm der Wagenschlüssel aus der Hand fiel.«

»Sie haben ihn aufgehoben?«

»Ich?« murmelte Wegsteiner. »Nein, er steckte ihn ein, vergaß, daß er ein Auto hatte und ging zu Fuß. Er ging in den Englischen Garten hinüber.«

Bei dieser Behauptung blieb Wegsteiner steif und fest.

Der Kommissar schien sich mit dieser Erklärung begnügen zu wollen und ließ Wegsteiner zu dessen eigener Überraschung gehen.

»Warum lassen wir ihn gehen?« fragte Grabert.

»Ich kann ihm nicht nachweisen, daß er Tiemann nachgegangen ist.« Der Kommissar lächelte schwach: »Was soll ich machen?«

Dennoch war der Kommissar nicht unzufrieden und sagte: »Komm, Walter. Robert ist draußen, ich bin gespannt, was er zu melden hat.«

Sie gingen hinaus.

Heines saß im Wagen und stieg sofort aus.

»Chef«, sagte er, »die sechs alten Leute sind erschienen, haben die ganze Zeit vor dem Lokal gestanden. Sie haben kein Wort gesagt. Nur auf die Tür gesehen.«

»Gut«, sagte der Kommissar, »wo sind sie jetzt?«

»Als Wegsteiner rauskam, sind sie sofort auf ihn zu und mit ihm die Straße hinuntergegangen.«

Eine Stunde später telefonierte der Kommissar mit einem Bekannten aus dem Dezernat Einbruch: »Hör zu, Erich«, sagte er, »kannst du mir helfen? Ich könnte dich morgen früh gegen halb acht im Englischen Garten gebrauchen. Aber nur, wenn du einen total Betrunkenen spielen kannst.«

Die Wiesen des Englischen Gartens waren naß von Tau und

nebelverhangen, als die sechs alten Männer ihren gewohnten Weg in den Englischen Garten einschlugen. Sie gingen gemächlich, schwatzten, blieben stehen, hantierten mit ihren Stöcken. Seipel hatte den kleinen Jungen an der Hand.

Es war sehr still. Zu dieser frühen Morgenstunde war der Garten nahezu unbelebt.

Nur ein Betrunkener schwankte über einen Weg. Ein älterer Mann, der einen Mantel trug, mit seinen Händen gestikulierte, mit sich selber sprach und lachte.

Die sechs Männer hatten ihn gesehen. Sie standen plötzlich ganz still, blickten zu dem Betrunkenen hinüber, der am Rande des Wasserlaufes entlangging.

Die sechs Männer sprachen kein Wort. Aber es war, als ziehe sie das Bild dieses betrunkenen Mannes magisch an.

Wortlos nahm Seipel den Ball, den der kleine Junge trug und schleuderte ihn hinter die Büsche.

Der kleine Junge lief seinem Ball nach.

Die sechs Männer gingen langsam und schweigend weiter, nur ihre Finger bewegten sich, und ihre Stöcke stießen eine Spur schneller auf. Es schien, als hätten sie ihre normale Lebendigkeit verloren, als ginge ihr Atem eine Spur schneller. Sie holten den Betrunkenen ein. Der Mann sah sie an, wollte etwas sagen, bewegte seine Arme ungeschickt, schien zu schwanken.

Die Männer sahen sich um. Nichts als schweigender Nebel ringsum. Da hob der erste seinen Stock, stieß den Mann spielerisch an. Er lachte dazu. Dann hob der zweite seinen Stock und stieß den Mann an, spielerisch, wie im Spaß, aber dann kamen die Stöße schneller, alle sechs hoben ihre Stöcke und stießen sie gegen den Mann, der sich nur ungeschickt wehren konnte. Die

Männer hatten einen Kreis gebildet und lachten und schlugen immer aufgeregter mit ihren Stöcken auf den Betrunkenen ein, drängten ihn gegen den Rand des Wassers und stießen ihn hinein. Der Mann fiel, fand Grund, wollte sich aufrichten, aber die Stöcke drückten ihn hinunter – es war ein aufgeregter Kreis von lachenden, exaltierten Greisen, die völlig ihre Normalität verloren hatten, die mit ihren Stöcken zustießen und dabei Wut- und Triumphschreie von sich gaben.

Der Kommissar und seine Männer verließen ihre Beobachtungsplätze, die sechs Greise stellten ihre schrecklichen Stockstöße ein und betrachteten sprachlos und verblüfft, zugleich heftig atmend und immer noch exaltiert die Polizisten. Der Mann, den sie gestoßen, gequält und beinahe unter Wasser gedrückt hatten, entstieg dem Kanal, sah aufatmend den Kommissar an und murmelte: »Herrgott noch mal, ich habe dir den Gefallen gern getan, aber ich wußte nicht, daß ich mir die schrecklichsten Minuten meines Lebens einhandeln würde.«

Die sechs Greise standen zusammengedrängt, als entweiche die schreckliche Erregung nur langsam. Sie blickten zu Wegsteiner hinüber, den zwei Polizisten heranbrachten.

»Wegsteiner war es«, sagte der Kommissar. »So groß war seine Eifersucht, daß er Tiemann in den Englischen Garten nachging, dort Seipel und seine Freunde traf und ihnen sagte: ›Werft ihn ins Wasser, laßt ihn ersaufen wie eine Ratte. Das Geld, das er hat, gehört euch.‹«

Langsam schloß der Kommissar: »Und das haben sie getan.«